ようこそ
実力至上主義の教室へ
2年生編公式ガイドブック Second List

原作：衣笠彰梧

MF文庫J

ようこそ実力至上主義の教室へ 2年生編公式ガイドブック
Second List

CONTENTS

Welcome to the Classroom of the Second-year Official Guidebook Second List

The Tokyo Metropolitan Advanced Nurturing High School

東京都高度育成高等学校 人物紹介

2年生編

4クラスがAクラスを巡り争う、実力至上主義の高度育成高等学校。2年生に進級した綾小路たち、そして3年生や新1年生たちの人物像に迫る。

The Second-year Character Guide

The Tokyo Metropolitan Advanced Nurturing High School

学校の変化

School Guide

運営体制

月城理事長代理は、学外から人を招いた文化祭の開催など、学校改革を目論んでいる。さらに、新１年生の中にホワイトルーム生を紛れ込ませた。その目的は綾小路の退学。天才を生み出すためのホワイトルームで教育を施された彼らが、どのような影響を及ぼすのか注目したい。

新設備

綾小路たちが１年生の時は黒板だったのがモニターになり、教科書がタブレットに置き換わった。タブレットにはモバイルバッテリーが用意されており、教室後方には高速充電可能な機器も備え付けられている。学校は常に最新の教育を行うために設備も定期的に新調されている。

ＯＡＡ <over all ability>

学校のＨＰからインストールできるアプリケーションの名称。全学年の個人データが入っており、誰でも生徒の能力を数値で把握できる。

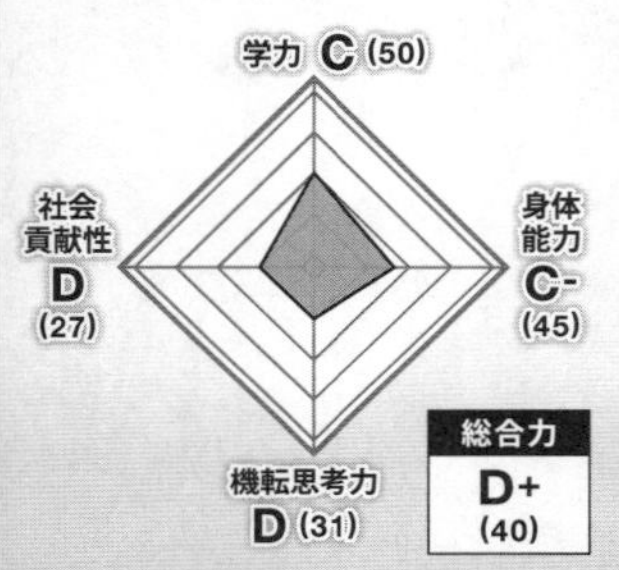

総合力
D+
(40)

学力 主に筆記試験の点数から算出

身体能力 体育授業の評価、部活動での活躍、特別試験等の評価から算出

機転思考力 友人の多さ、コミュニケーション能力や、機転応用が利くかどうかなど、社会への適応力を求められ算出

社会貢献性 授業態度、問題行動の有無、学校への貢献など、様々な要素から算出

総合力 上記４つの数値から算出

※総合力の具体的な求め方
(学力＋身体能力＋機転思考力＋社会貢献性×0.5)÷350×100で算出(四捨五入)

Classroom of Horikita

The Tokyo Metropolitan Advanced Nurturing High School The Second-year

堀北クラス

クラスランク

4月　Dクラス
8月　Cクラスに昇格
10月　Bクラスに昇格
3月　Aクラスに昇格確定

綾小路清隆

あやのこうじ　きよたか

東京都高度育成高等学校
生徒証明書

学籍番号
S01T004651

クラス
堀北クラス

部活動
無所属

誕生日
10月20日

「オレはこの先出し惜しみするつもりはない」

Kiyotaka Ayanokoji

1年生時は堀北を隠れ蓑にクラスを支えていたが、月城理事長代理から宣戦布告されて以降、退学回避のために表立った場でも実力を発揮することに。最終的に自分が勝てばいいと考えており、周囲の人間を利用することも厭わない。

堀北クラス

OAA評価 <over all ability>

3月時点

天才育成を目的とした教育機関「ホワイトルーム」の最高傑作と呼ばれ、卓越した身体能力と学力を持つ。２年生になって実力を発揮するようになると、ＯＡＡの数値は学年でもトップクラスの伸びを見せ、春休みには上位５％に入る評価を得る。

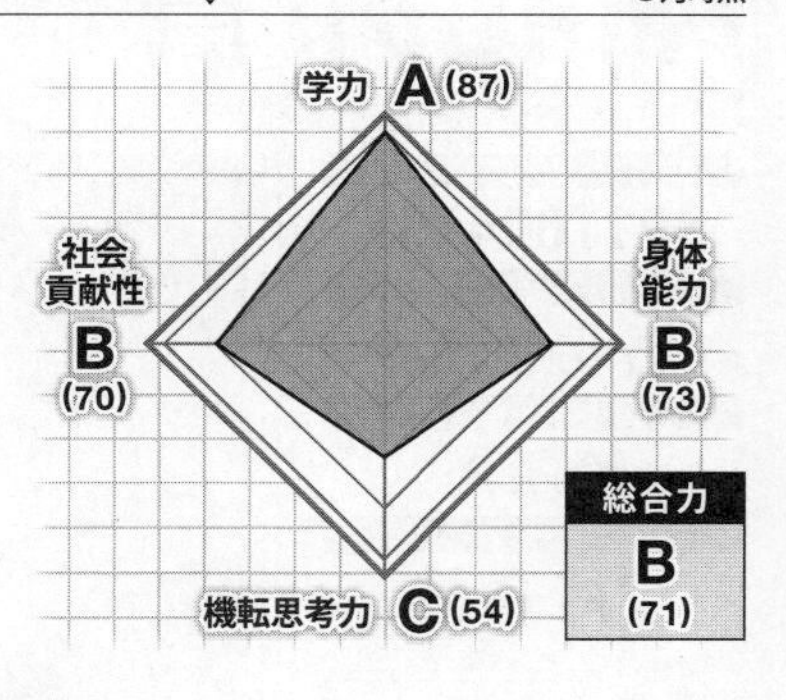

生徒調査書 <student file>

1年時から変化するクラス内での立ち位置

1年時はクラスでは目立たない存在だったが、特別試験を通じて周囲から一目置かれるようになる。軽井沢と恋人になったり、満場一致特別試験後には綾小路グループが崩壊したりするなど、クラス内の人間関係も大きく変化する。

水面下で進行する綾小路包囲網と他クラスへの関与

父から送り込まれたホワイトルーム生にも退学を狙われるが、意に介することなく一蹴。月城が去った後は、全クラスにAクラスの可能性を残したまま3年生を迎えることを目的に、他クラスにも密かに介入していく。

堀北鈴音

ほりきた すずね

学籍番号

S01T004752

クラス

堀北クラス

部活動

無所属

誕生日

2月15日

兄の影響下を脱し、兄に依存していた過去の自分と決別。かつては人を見下す傲慢（ごうまん）さがあったが、クラスを率いるリーダーとして大きく成長しつつある。退学者を出さずにAクラスで卒業する方針を基にクラスの戦略を考えている。

OAA評価 <over all ability>

4月時点

２学期の期末テストで幸村と同率１位と学力は高い。無人島サバイバル試験を最終日まで単独で乗り切るほど身体能力も高く、武術の心得もある。ただコミュニケーション能力は高くなく、相変わらず友人は少ないため機転思考力の評価は低い。

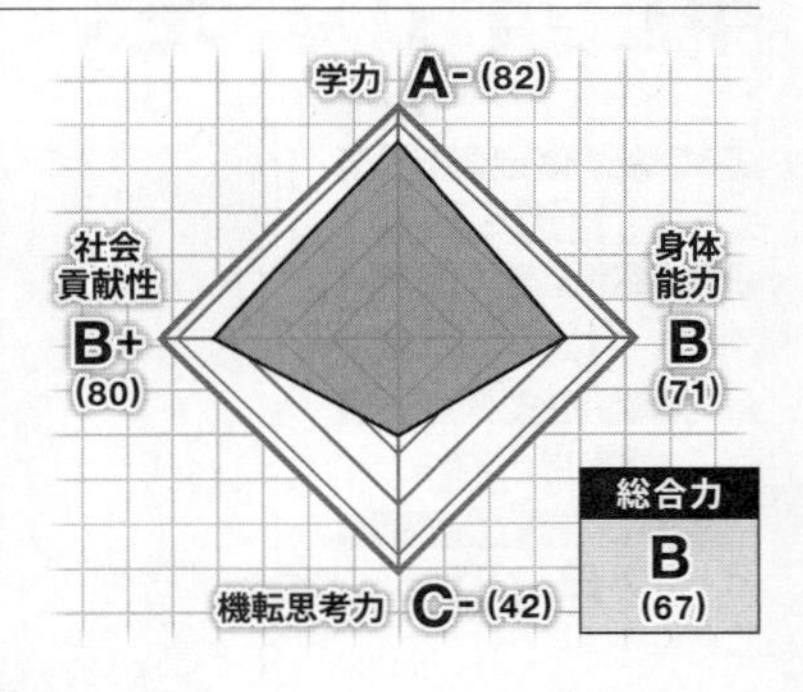

生徒調査書 <student file>

リーダーとして成長しクラスを大きく躍進させる

1年時のクラス内投票以降、名実共にリーダーとしてクラスを牽引する。満場一致特別試験では櫛田の処遇を巡って一部の生徒から反発を招くも、クラス内の不和を対話によって解消。ついにはAクラス昇格へと導いた。

一般的な友情とは異なる伊吹や櫛田との関係性

他者から一方的に強い感情を向けられがちで、伊吹からはライバル視されている。自分を敵視して退学させようと企む櫛田と粘り強くコミュニケーションを続け、伊吹や櫛田との間に不思議な連帯感が生まれている。

軽井沢 恵

かるいざわ けい

学籍番号

S01T004718

クラス

堀北クラス

部活動

無所属

誕生日

3月8日

東京都高度育成高等学校 生徒証明書

「もしもの時は清隆に守ってもらうから平気だし」

Kei Karuizawa

虐められていた過去を知った綾小路に脅され協力していたが、次第に信頼関係を築き、1年春休みに告白され綾小路と交際することに。強気な性格でクラス内での発言力は高い一方で、依存心が強く寄生先となる『宿主』を求める。

OAA評価 <over all ability>

4月時点

基礎学力は低かったが、綾小路に勉強を見てもらうようになり、９月頭にはCまで上昇した。自己中心的な振る舞いから社会貢献性は低いものの、堀北クラスの女子を束ねるリーダー的な存在であるため、機転思考力は高めに評価されている。

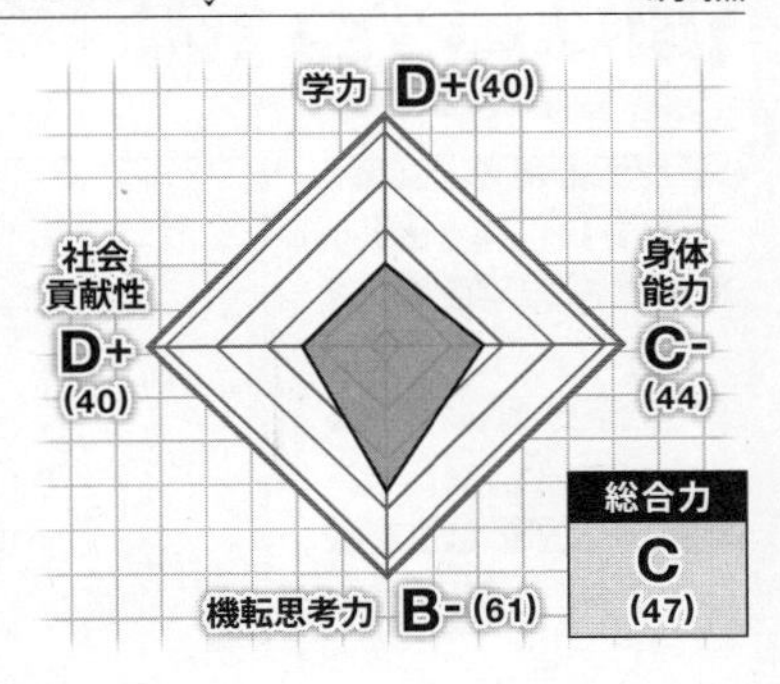

生徒調査書 <student file>

本音でぶつかりあった佐藤との友情

夏休み明けに綾小路との恋人関係を公表してからも、クラス女子のヒエラルキー最上位を維持。佐藤から綾小路との関係を詰問され険悪になるも、仲直りしてからはお互いに下の名前で呼び合うほどの親友になる。

綾小路との恋愛で依存体質を発揮

綾小路をデートに連れ出しては、彼の知らない世間的な物事に触れさせる。一緒に過ごす時間が増えるにつれ依存心が高まり、執着心や嫉妬深さが強くなる。だが、綾小路は軽井沢のことを『恋愛の教科書』としか見ていない。

櫛田桔梗

くしだ ききょう

学籍番号

S01T004721

クラス

堀北クラス

部活動

無所属

誕生日

1月23日

男女や学年を問わず人気者だが、誰にも優しく接するのは自己承認欲求を満たすため。自分が一番でなければ気が済まない性格をしている。自分の過去を知る堀北(ほりきた)や、裏の顔を知る綾小路(あやのこうじ)を退学に追い込もうと画策する。

OAA評価 <over all ability>

4月時点

学力や身体能力は平均以上の評価も、飛び抜けた実力はない。交友範囲が広いため社会貢献性が高く評価されている。生存と脱落の特別試験で堀北が指名相手に迷った際には、他クラスの情報に精通しているため適切なアドバイスをした。

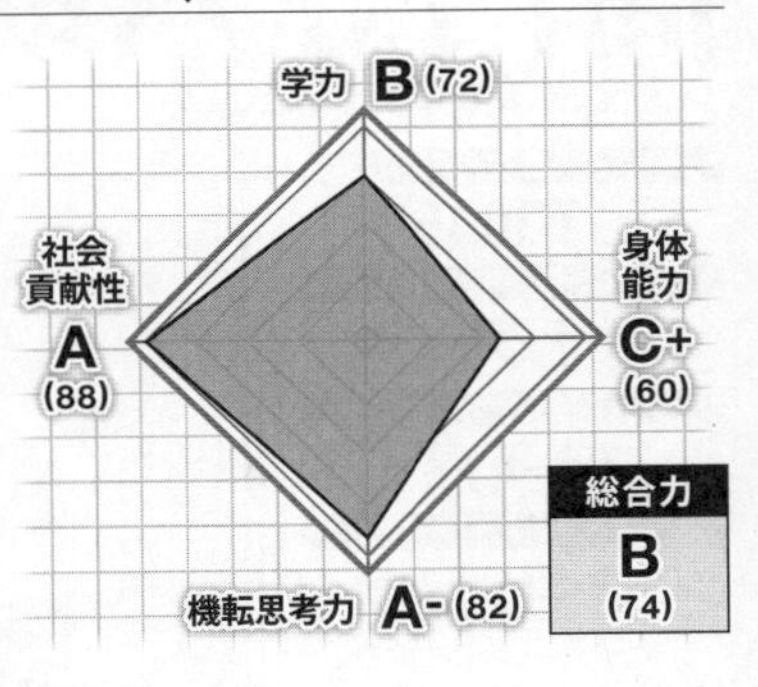

生徒調査書 <student file>

満場一致特別試験で崩れたそれまでの信用

満場一致特別試験で堀北と綾小路を退学に追い込もうとするが、綾小路に裏の顔を暴露されてしまう。堀北のおかげで退学は免れたものの、それまで築き上げてきた信頼を失うことになり、特別試験後には不登校になってしまう。

これまでとは違った形でのクラスへの貢献

不登校から復帰後は、以前より本性を隠さなくなる。対外的には満場一致特別試験での出来事は秘匿されているので、他クラスにも及ぶ交友範囲の広さという長所を活かし、あくまで『自分のため』にクラスに貢献するようになる。

東京都高度育成高等学校 生徒証明書

高円寺六助

こうえんじ ろくすけ

学籍番号

S01T004668

クラス

堀北クラス

部活動

無所属

誕生日

4月3日

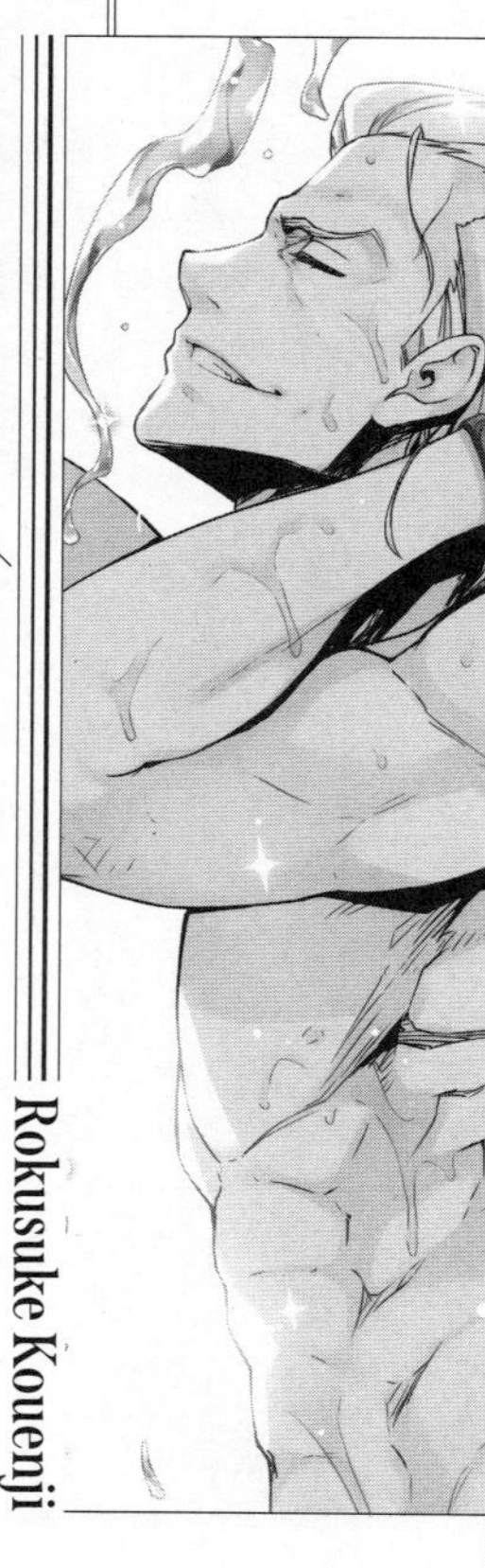

「私か、私でないか。それが優劣を決定付ける」

Rokusuke Kouenji

高円寺コンツェルンの御曹司で唯我独尊の性格。将来が約束されているのでAクラス卒業に固執せず、自由気ままに行動する。綾小路（あやのこうじ）の実力に気づいているようで、自分を制御しようと接触してくることを煩わしく感じている様子。

OAA評価 <over all ability>

4月時点

学力と身体能力は平均以上の評価を得ているが、特別試験に真面目に取り組んでいないので、実力を反映した評価とは言えない。本人がその気にさえなれば、無人島サバイバル試験で単独１位になるほどに高いポテンシャルを秘めている。

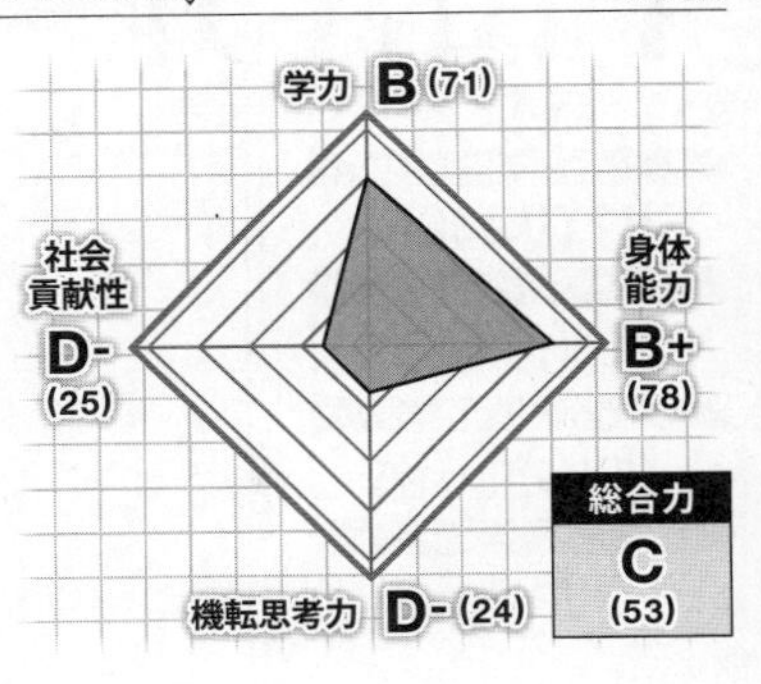

生徒調査書 <student file>

自由に振る舞う権利をみずから勝ち取る

無人島サバイバル試験で堀北（ほりきた）と、1位になれば卒業まで自由に行動することを黙認すると約束を交わす。見事に1位となり、高額なプライベートポイントとプロテクトポイント、そして卒業まで自由に振る舞う保証を得る。

自由奔放に見えて義理堅い一面も

不登校になった王（ワン）美雨（メイユイ）に差し入れをしていたのは高円寺であった。王には過去に助けられたことがあり、恩義を感じている。ただし、王は自分が過去に高円寺になにをしたのか身に覚えがない様子で、彼もその内容を明かさない。

平田洋介

ひらた ようすけ

東京都高度育成高等学校 生徒証明書

学籍番号
S01T004698

クラス
堀北クラス

部活動
サッカー部

誕生日
9月1日

正義感が強く学業も優秀。満場一致特別試験で退学者に立候補するほど利他的な性格をしている。1年時のクラス内投票では自暴自棄になるも、以前と同様に男女問わず信頼されている。クラスのまとめ役に選ばれることが多く、堀北(ほりきた)をよく補佐している。

「僕の思いだけでクラス全体を困らせるのは、ダメだ……」

Yousuke Hirata

OAA評価 4月時点

項目	評価
学力	B+ (76)
身体能力	B+ (79)
機転思考力	B (75)
社会貢献性	A- (85)
総合力	B+ (78)

王 美雨

ワン メイユイ

堀北クラス

学籍番号
S01T004792

クラス
堀北クラス

部活動
無所属

誕生日
8月21日

中国からの留学生。周囲からは「みーちゃん」と呼ばれる。語学が堪能で学力も高いが引っ込み思案で、満場一致特別試験で平田への恋心を暴露され不登校に。復帰してからは綾小路(あやのこうじ)に相談し、不登校時に差し入れをしてくれた人物を一緒に捜すようになる。

Wang MeiYu

「助けられたお礼は、ちゃんとしなきゃですから」

OAA評価　4月時点

項目	評価
学力	A- (84)
身体能力	C (51)
機転思考力	C- (44)
社会貢献性	B+ (77)
総合力	B- (62)

東京都高度育成高等学校 生徒証明書

須藤 健

すどう けん

学籍番号
S01T004672

クラス
堀北クラス

部活動
バスケットボール部

誕生日
10月5日

堀北（ほりきた）と一緒に勉強を続け学力が飛躍的に向上し、論理的な思考や自制心が身についた。将来の夢はプロのバスケットボール選手だが、勉強は将来の自分への投資と考え、進学も視野に入れる。体育祭では男子の学年1位に輝く。修学旅行で堀北に告白をした。

「俺ってホントダサかったんだなってのを痛感したっつーか」

Ken Sudou

OAA評価 11月時点

学力 C+
身体能力 A+
機転思考力 C-
社会貢献性 D-
総合力 –

堀北クラス

小野寺かや乃

おのでら かやの

東京都高度育成高等学校 生徒証明書

学籍番号
S01T004717

クラス
堀北クラス

部活動
水泳部

誕生日
7月1日

「私は須藤くんを評価したからこそ組みたいって思った」

Kayano Onodera

水泳部に所属し身体能力は女子では学年随一。体育祭では須藤とペアを組み、女子で学年1位になる。部活動に真面目に取り組む須藤のことを昔から評価しており、体育祭で行動を共にする機会が増えて親密さが増すと、須藤に好意を寄せるようになる。

東京都高度育成高等学校 生徒証明書

池 寛治

いけ かんじ

学籍番号
S01T004654

クラス
堀北クラス

部活動
無所属

誕生日
6月16日

お調子者でクラスのムードメーカー。篠原への好意を素直に伝えられなかったが、無人島サバイバル試験で篠原の窮地を救い、勇気を出して告白し付き合うようになった。キャンプの知識と経験が豊富で、無人島試験で真価を発揮する。

「俺はおまえを退学にさせたくない、だから助けるんだよ！」

Kanji Ike

OAA評価　4月時点

学力 E+ (20)
身体能力 D (34)
機転思考力 C+ (60)
社会貢献性 D (32)

総合力
D+
(37)

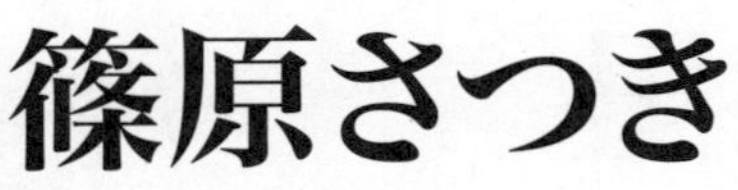

篠原さつき

しのはら　さつき

東京都高度育成高等学校 生徒証明書

学籍番号
S01T004742

クラス
堀北クラス

部活動
料理部→バレー部（転部）

誕生日
6月21日

「今回の特別試験ってその足手まといの部分を生かすチャンスじゃない？」

Satsuki Shinohara

OAA評価　4月時点

項目	評価
学力	D+ (38)
身体能力	C- (41)
機転思考力	C+ (57)
社会貢献性	B- (62)
総合力	C (48)

池とは喧嘩が絶えない関係だったが、いつしかお互いに意識するように。無人島試験で退学の危機を救われ、池の告白に応じて恋人関係になった。軽井沢、佐藤、松下と仲が良い。満場一致特別試験後に彼女たちとの関係がこじれるも、池の助けもあって仲直りする。

佐倉愛里

さくら　あいり

学籍番号
S01T004738

クラス
堀北クラス

部活動
無所属

誕生日
10月15日

中学時代にはグラビアアイドル「雫」として活動。ストーカーから助けてくれた綾小路に恋心を抱く。綾小路グループの1人で長谷部と仲が良い。満場一致特別試験では綾小路からOAAの低評価を理由に退学者に名指しされ、自ら投票を呼びかけ退学の道を選ぶ。

長谷部波瑠加

はせべ はるか

Haruka Hasebe

東京都高度育成高等学校 生徒証明書

学籍番号
S01T004747

クラス
堀北クラス

部活動
無所属

誕生日
11月5日

「愛里って基本的に頼りないいんだけど放っておけないし」

綾小路グループの1人で、無人島サバイバル試験では三宅（みやけ）や佐倉と組む。友人の佐倉には保護者的な目線で接する。満場一致特別試験で綾小路が佐倉を退学者に指名して激怒。佐倉を退学させたクラスに復讐心を抱き、クラスにダメージを負わせる計画を進める。

OAA評価　4月時点

項目	評価
学力	C (52)
身体能力	C (52)
機転思考力	C- (43)
社会貢献性	C (46)
総合力	C (49)

東京都高度育成高等学校
生徒証明書

幸村輝彦

ゆきむら てるひこ

学籍番号
S01T004708

クラス
堀北クラス

部活動
無所属

誕生日
7月11日

綾小路(あやのこうじ)グループの1人。親しい友人からは「啓誠(けいせい)」と呼ばれる。運動は苦手だが、学年トップクラスの学力でクラスに貢献しようと考える。Aクラスでの卒業を重視し、満場一致特別試験では綾小路に同調したため長谷部(はせべ)や三宅とは疎遠になるも、のちに和解する。

Teruhiko Yukimura

「長い間同じグループでいたから分かることだってある」

OAA評価 4月時点

学力 A (92)
身体能力 D (30)
機転思考力 C (51)
社会貢献性 B- (63)
総合力 C+ (58)

三宅明人

みやけ　あきと

学籍番号
S01T004700

クラス
堀北クラス

部活動
弓道部

誕生日
7月13日

東京都高度育成高等学校 生徒証明書

「俺は、おまえを退学になんてさせたくない……」

綾小路グループの1人。龍園(りゅうえん)や宝泉(ほうせん)と同じ地区の出身で、中学時代は荒れていた時期があった。長谷部に対して好意を抱いており、クラスに馴染(なじ)めていない彼女のことを心配している。満場一致特別試験後には、弓道部を辞めて孤立した長谷部に寄り添う。

Akito Miyake

OAA評価　4月時点

項目	評価
学力	C (53)
身体能力	B (74)
機転思考力	C- (42)
社会貢献性	C+ (56)
総合力	C+ (56)

佐藤麻耶

さとう まや

「軽井沢さん……綾小路くんと付き合ってたりするの？」

学籍番号	S01T004739
クラス	堀北クラス
部活動	無所属
誕生日	2月28日

Maya Sato

軽井沢（かるいざわ）に綾小路（あやのこうじ）との関係を問い詰めて険悪になるも、和解して交流を深め、お互いに下の名前で呼び合う親友になる。文化祭ではメイド喫茶を提案してクラスに貢献した。

松下千秋

まつした ちあき

「綾小路くんが売り切れちゃうかもと思ってさ」

学籍番号	S01T004778
クラス	堀北クラス
部活動	NO DATA
誕生日	4月25日

Chiaki Matsushita

1年時の選抜種目試験で綾小路の実力の片鱗に気づき、Aクラスを目指すには欠かせない存在と認識する。文化祭のメイド喫茶に協力的だったが当日は体調不良で休んだ。

外村秀雄

そとむら ひでお

Hideo Sotomura

学籍番号	S01T004686
クラス	堀北クラス
部活動	無所属
誕生日	1月1日

メカやオタク知識が豊富で「博士」と呼ばれる。文化祭のメイド喫茶では、企画の監督を任された綾小路に服装の着こなしやチェキなどについて適切なアドバイスをする。

前園 杏

まえぞの あん

An Maezono

学籍番号	NO DATA
クラス	堀北クラス
部活動	NO DATA
誕生日	NO DATA

「だって、明らかに変でしょ綾小路くんの存在って」

橋本(はしもと)と交際している。冬休みにはクラス有志を招集し、綾小路の脅威について話し合う場を設けた。学年末特別試験では綾小路が大将になる情報を橋本に漏洩する。

［堀北クラス］

その他の生徒

Classroom of Horikita

東 咲菜（あずま さな） Sana Azuma

文化祭で櫛田と一緒に廊下で待っているお客相手に接客する。学年末特別試験では平田対浜口の第一議論に参加。

伊集院 航（いじゅういん わたる） Wataru Ijuin

無人島サバイバル試験後の客船で、海を眺め昼食を取っていた。学年末特別試験では堀北対神崎の第一議論に参加。

石倉賀代子（いしくら かよこ） Kayoko Ishikura

満場一致特別試験で修学旅行先を北海道に投票し、北海道チームの中堅として沖縄チームとじゃんけんで対決する。数学が得意。

井の頭 心（いのかしら こころ） Kokoro Inokashira

文化祭ではビラ配りを担当。裁縫が得意で、交流会では高円寺を連れ戻せるか綾小路に相談する。

市橋瑠璃（いちはし るり） Ruri Ichihashi

文化祭開催前に、友達から預かった南雲会長宛のラブレターを、綾小路の仕込んだものと知らずに掘北に渡す。

鬼塚（おにづか） Onizuka

満場一致特別試験で綾小路の前の席に着席した。

沖谷京介（おきや きょうすけ） Kyosuke Okiya

無人島サバイバル試験後の客船で伊集院たちと同じ場所で昼食を取っていた。修学旅行では佐藤と同じグループになる。

園田千代（そのだ ちよ） Chiyo Sonoda

協力型総合筆記テスト特別試験のため、王に勉強を教えてもらう。生存と脱落の特別試験ではジャンル「計算」でプロテクトされた。

菊地永太（きくち えいた） Eita Kikuchi

生存と脱落の特別試験ではジャンル「計算」で、攻撃側指名者になる。

堀北クラス

Ryotaro Hondo
ほんどう りょうたろう
本堂遼太郎

無人島サバイバル試験では須藤や池とグループを組む。生存と脱落の特別試験では前半終了時点で脱落する。

Ryuko Nishimura
にしむら りゅうこ
西村竜子

生存と脱落の特別試験では、プロテクトされて成功した。交流会では綾小路とともに鬼龍院がリーダーのグループに入った。

Setsuya Minami
みなみ せつや
南 節也

１年生とペアを組んで行われた４月の特別試験で、綾小路が満点を出したことに対し、不正を疑っていた。

Susumu Makita
まきた すすむ
牧田 進

学年末特別試験では平田対浜口の第一議論に参加。

Soshi Miyamoto
みやもと そうし
宮本蒼士

無人島サバイバル試験後の客船で、本堂と一緒に宝探しゲームに参加する。

Hakuo Minami
みなみ はくお
南 伯夫

学年末特別試験では平田対浜口の第一議論に参加。

リノっち

１年生の船上試験で軽井沢と電話をしていた相手。

Nene Mori
もり ねね
森 寧々

無人島サバイバル試験後の客船で、軽井沢と一緒に宝探しゲームに参加。満場一致特別試験では櫛田に、篠原の陰口を言っていたことを暴露された。

2学年の総評

General Comment of the Second-year

<Classroom of Horikita>

クラスリーダー　堀北鈴音

2学年終了時の暫定クラスポイント　1233ポイント

特別試験の取り組み

特別試験でクラスポイントを失ったのは、生存と脱落の特別試験のみ。新年度開始から約半年の間に600クラスポイントを獲得し、一気に上位との差を詰めた。

一年の総括

特別試験では合計2人の退学者を出したものの、1年間で1000ポイント近くを獲得し、Aクラスまで昇格を果たす。堀北のリーダーとしての成長がめざましい。

クラスの強み

運動能力に秀でた須藤や小野寺、学力の高い幸村や堀北など特長のある生徒が多い。佐倉の退学後、次の退学候補にならないように切磋琢磨し始めたのも利点だ。

今後の課題

綾小路の移籍後、Aクラスを維持し続けるには、高円寺が実力を発揮することが重要となる可能性が高い。また堀北の生徒会長としての動向にも注視したい。

Classroom of Ryuen

The Tokyo Metropolitan Advanced Nurturing High School The Second-year

龍園クラス

クラスランク

4月	Cクラス	1月	Dクラス降格
5月	Bクラス昇格	2月	Cクラス昇格
8月	Dクラス降格	3月	Bクラス昇格確定
11月	Cクラス昇格		

東京都高度育成高等学校
生徒証明書

龍園 翔

りゅうえん かける

学籍番号

S01T004711

クラス

龍園クラス

部活動

無所属

誕生日

10月20日

恐怖政治でクラスを支配下に置く独裁的なリーダー。一度は綾小路に敗れ失脚したが、1年時の選抜種目試験でリーダーの座に返り咲く。最終的に綾小路への復讐を果たすために、当座は坂柳、一之瀬に戦いを挑む。

「さっさとおまえを倒して、
俺は奴に復讐を果たす」

Kakeru Ryuen

龍園クラス

OAA評価 <over all ability>

4月時点

傍若無人な性格で社会貢献性は最低レベル。他の能力も平均よりやや上程度だが、駆け引きや謀略といった数値には現れない部分は群を抜いている。生存と脱落の特別試験では、橋本と内通し、一之瀬と手を結んで坂柳を出し抜く。

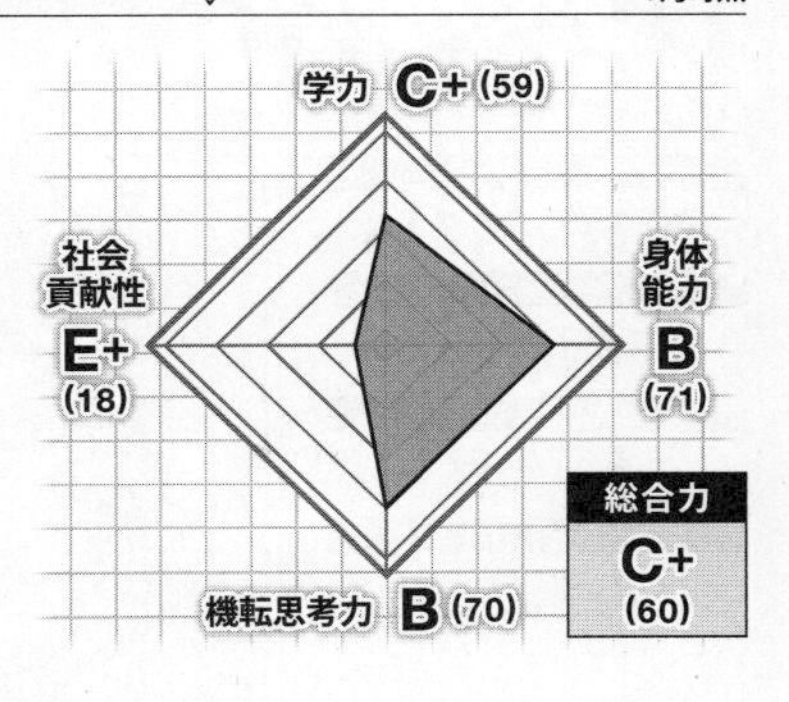

生徒調査書 <student file>

坂柳クラスから迎えた葛城をクラスの参謀として重用

坂柳クラスで孤立していた葛城(かつらぎ)をクラス移動させた。無人島サバイバル試験ではペアを組むなど参謀として重用する。修学旅行で葛城が坂柳クラスの生徒から嫌がらせを受けた際には介入。憎まれ口を叩(たた)きつつもフォローしている。

独裁者から変化しつつあるリーダーとしての龍園

負傷した小宮(こみや)を見舞って犯人捜しをしたり、龍園に反発する時任(ときとう)に本音を吐き出させて赦免(しゃめん)したりするなど、クラスメイトへの接し方が変化。リーダーとして成長する反面、クラスメイトの龍園への依存度はさらに強まっている。

伊吹 澪

いぶき みお

学籍番号

S01T004714

クラス

龍園クラス

部活動

無所属

誕生日

7月27日

口数が少なく単独行動を好むため、クラスでは孤立気味。堀北（ほりきた）を一方的にライバル視している。無人島サバイバル試験でも勝負を挑んでいたが、天沢（あまさわ）に邪魔をされて共闘する。以降、不本意ながら行動を共にする機会が増える。

OAA評価 <over all ability>

4月時点

身体能力が高く、格闘技センスも優れている。しかし、無人島サバイバル試験の最中に堀北と組んで挑んだが、天沢には敵わず。負けず嫌いの性格からリベンジを誓い、交流会中には堀北と共に、嫌いな綾小路から秘密特訓を受けることに。

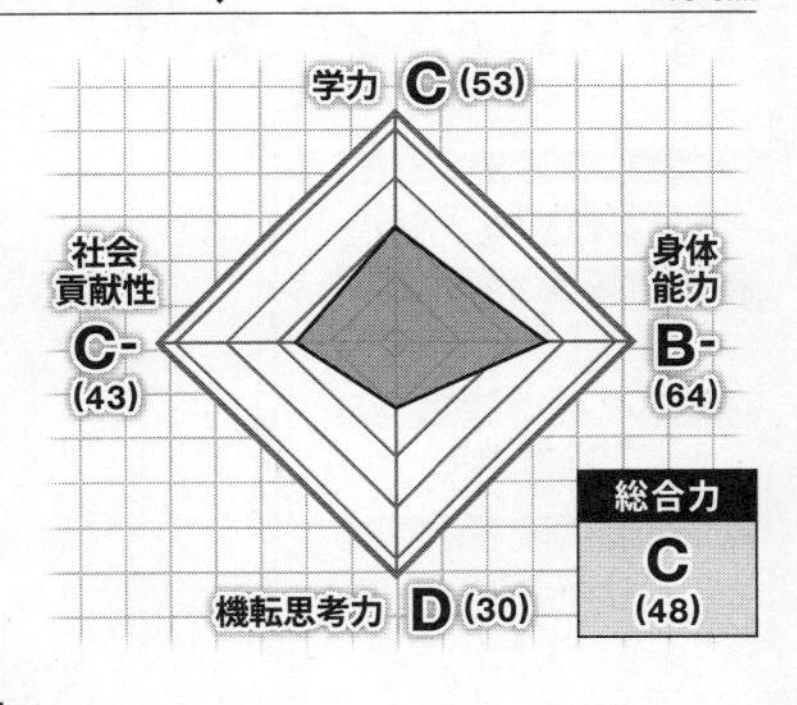

生徒調査書 <student file>

駆け引き下手が災いし手玉に取られやすい

裏表のない性格だが直情径行型とも言える。堀北からレモンティーを奢（おご）られて半ば強制的に協力を要請されたり、龍園（りゅうえん）とのカードゲームに敗れて文化祭でコスプレ衣装を着させられたりと、駆け引きで貧乏くじを引くことが多い。

櫛田と一緒に堀北の手料理を囲む仲に

櫛田（くしだ）の本性に触れても、そのほうが好感が持てると述べ、櫛田が立ち直る一助となる。料理下手を堀北に知られ、食生活改善のために時々手料理を振る舞われることに。櫛田も押しかけるようになり、3人の関係性が深まっている。

東京都高度育成高等学校 生徒証明書

椎名ひより

しいな ひより

学籍番号

S01T004735

クラス

龍園クラス

部活動

茶道部

誕生日

1月21日

「でも……必ず一緒に卒業しましょうね」

Hiyori Shiina

天然でおっとりしているが冷静沈着で、的を射た鋭い発言をすることも。綾小路(あやのこうじ)とは共通の趣味の読書を通じて友人となる。争いごとを好む性格ではないが、次第にクラスへの想(おも)いを強くし、Aクラスでの卒業のために行動する。

OAA評価 <over all ability>

4月時点

学力評価は非常に高く、学年でもトップクラス。龍園(りゅうえん)失脚時にクラスの女子のリーダー的な役割を担ったように、機転思考力は低くない。ＯＡＡの評価対象外では、交流会時に押し花やガラス細工で手先の器用さとセンスの良さを発揮した。

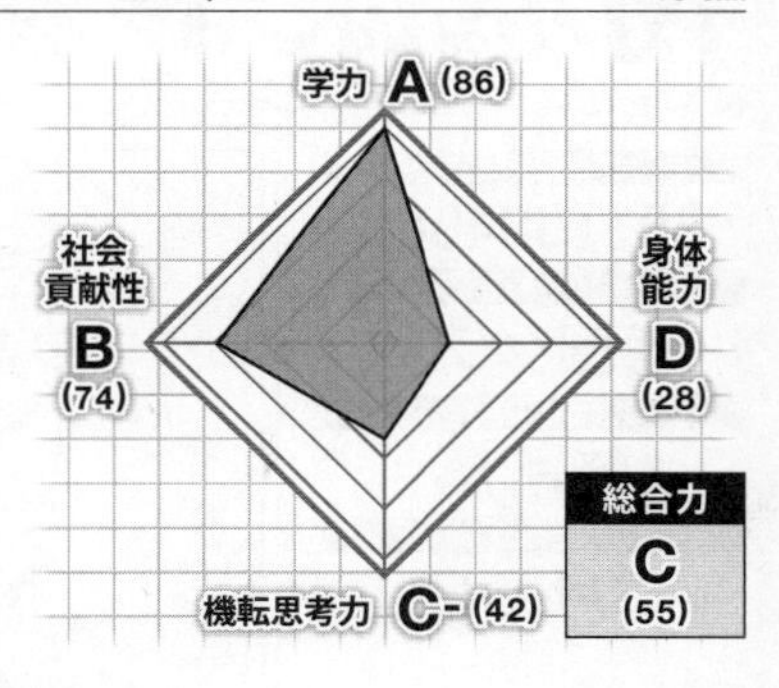

生徒調査書 <student file>

龍園クラスを裏からサポートし続ける

満場一致特別試験で時任(ときとう)に助け舟を出すよう葛城(かつらぎ)を誘導し、学年末特別試験でも暴走した時任を宥(なだ)めるなどクラスに貢献。龍園をＡクラス昇格に必要だと感じているが、クラスメイトの成長の機会を奪っていると危惧もしている。

綾小路への想いは果たして――

綾小路に恋人ができると、図書室に行く時間をズラすなどの配慮をする。しかし、再び顔を合わせると、また以前のように図書室で会いたいと願う。冬休みには今まで誰にも言ったことのない父の著作を綾小路にプレゼントした。

東京都高度育成高等学校 生徒証明書

葛城康平

かつらぎ こうへい

学籍番号
S01T004666

クラス
龍園クラス

部活動
無所属

誕生日
8月29日

坂柳と派閥争いを演じるほど優秀だが、敗れて居場所を失い、龍園に誘われてクラス移動する。以降、クラスの参謀として数々の特別試験で活躍。龍園に直言できる貴重な人材だが、因縁のある坂柳と学年末特別試験で対峙した時には冷静さを失ってしまう。

「俺はAクラスからここに来たよそ者だ」

Kouhei Katsuragi

OAA評価 4月時点

学力 A (89)
身体能力 C+ (58)
機転思考力 B (70)
社会貢献性 B+ (77)
総合力 B (73)

龍園クラス

石崎大地

いしざき　だいち

学籍番号

S01T004656

クラス

龍園クラス

部活動

無所属

誕生日

4月14日

龍園を慕っており、龍園がリーダーの座に復帰して以降は彼に忠実に従う。クラスメイトに対しての面倒見はいいが、他クラスへの妨害工作は厭(いと)わず、相変わらず粗暴で武闘派。綾小路(あやのこうじ)を高く評価しており、ことあるごとに龍園クラスへの移籍を勧誘してくる。

山田アルベルト

やまだ あるべると

東京都高度育成高等学校 生徒証明書

学籍番号
S01T004708

クラス
龍園クラス

部活動
無所属

誕生日
1月16日

卓越した身体能力を持ち喧嘩(けんか)も強いが、本来は暴力を好まない心優しき男。口数が少ないので誤解されがちだが、日本語は理解している。石崎(いしざき)と仲が良く、共に龍園(りゅうえん)に付き従う。国旗を集めるのが趣味で部屋に飾り、和食を好んで食べるなどの一面も。

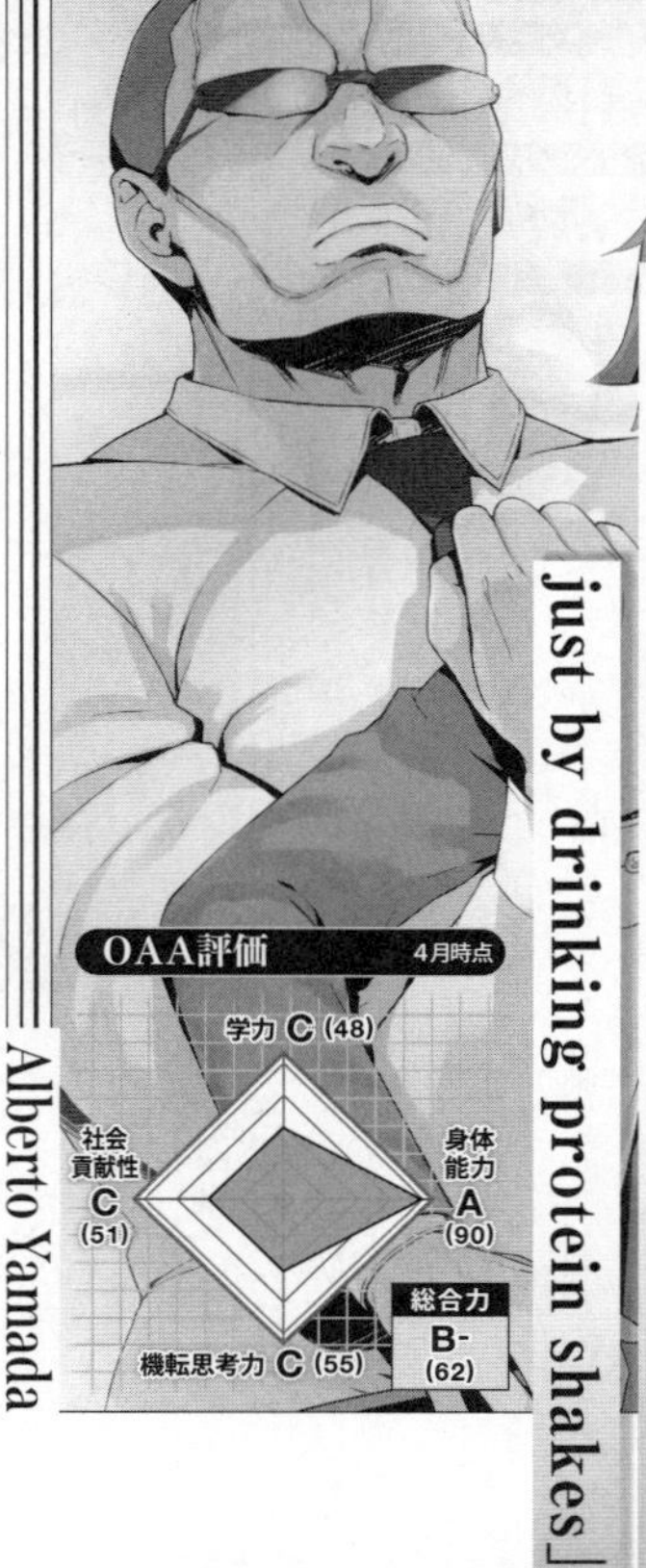

Alberto Yamada

「You can't build muscle just by drinking protein shakes」

（その点は心配ない。プロテインを飲んだくらいで筋肉はつかない）

龍園クラス

時任裕也

ときとう　ひろや

学籍番号
NO DATA

クラス
龍園クラス

部活動
NO DATA

誕生日
NO DATA

勝ち気で言葉遣いが荒く、龍園の独裁が気に入らず反旗を翻したいと思っている。クラス移動した葛城と揉めたこともあり、満場一致特別試験で龍園に歯向かうも鎮圧されてしまう。修学旅行で転倒した坂柳を手助けして以来、なにかと坂柳のことを気遣っている。

Hiroya Tokito

「退学になるのは俺じゃなくおまえだ龍園！」

東京都高度育成高等学校　生徒証明書

小宮叶吾

こみや きょうご

Kyogo Komiya

学籍番号	S01T004670
クラス	龍園クラス
部活動	バスケットボール部
誕生日	3月27日

「さつきを泣かせたら承知しねえからな」

篠原に好意を寄せており、無人島サバイバル試験中に告白するつもりだったが、何者かに負傷させられてしまう。リタイア時には恋敵の池に発破をかけて男気を見せる。

西野武子

にしの たけこ

Takeko Nishino

学籍番号	S01T004746
クラス	龍園クラス
部活動	NO DATA
誕生日	6月11日

「あんたの中途半端な仲間意識は混乱を生むだけ」

肝が据わっていて、納得がいかないことであれば龍園が相手でも思ったことを口にする。基本的には龍園に従っており、小宮や木下を襲撃した犯人捜しに協力する。

龍園クラス

金田 悟

かねだ さとる

「私としても計算していく上でブレてしまいますからね」

学籍番号	S01T004662
クラス	龍園クラス
部活動	美術部
誕生日	1月9日

Satoru Kaneda

龍園クラスでは学力が高く論理的な思考ができ、満場一致特別試験では時任に的確な反論をする。龍園から信を得ており、橋本(はしもと)と密談するなど水面下での交渉も行う。

木下美野里

きのした みのり

「ホントだ。チンチクリンで可愛いかも」

学籍番号	NO DATA
クラス	龍園クラス
部活動	陸上部
誕生日	NO DATA

Minori Kinoshita

陸上部所属。無人島サバイバル試験では小宮と同様に何者かに崖から突き落とされてリタイアに。その後、犯人の顔を思い出したと証言し、犯人に自白させる一助となる。

藪　菜々美

やぶ　ななみ

Nanami Yabu

学籍番号	NO DATA
クラス	龍園クラス
部活動	NO DATA
誕生日	NO DATA

「たとえば……伊吹さんを退学にするのはどう？」

真鍋が退学して以後、龍園クラスの女子のリーダーとなる。伊吹を目の敵にしており、満場一致特別試験で退学に追い込むために諸藤を巻き込むが、計画は潰されてしまう。

諸藤リカ

もろふじ　りか

Rika Morofuji

学籍番号	NO DATA
クラス	龍園クラス
部活動	NO DATA
誕生日	NO DATA

「もし伊吹さんが、ってことなら私も賛成、かな……」

かつて軽井沢と揉め、軽井沢が真鍋たちと対立する原因となった。満場一致特別試験で藪が伊吹を退学者として指名した際には、それまでの反対票から賛成へと転じた。

［龍園クラス］その他の生徒

Classroom of Ryuen

Mai Asagaya

阿佐ヶ谷 舞（あさがや まい）

学年末特別試験では坂柳対龍園の第二議論に参加。

Toa Inoue

井上都亜（いのうえ とあ）

学年末特別試験では真田対葛城の第一議論に参加。

Nagisa Isoyama

磯山渚沙（いそやま なぎさ）

無人島サバイバル試験で、椎名、諸藤とグループを作る。学年末特別試験では真田対西野の第一議論に参加。

Takumi Oda

小田拓海（おだ たくみ）

修学旅行では、坂柳クラスの的場から嫌がらせを受けていた葛城を気にかける。交流会では鬼龍院がリーダーのグループに所属。

Fuyu Okabe

岡部ふゆ（おかべ ふゆ）

無人島サバイバル試験後の客船内で、時任と一緒に葛城を問い詰めた。学年末特別試験では真田対葛城の第一議論に参加。

Kaoru Hatate

旗手 薫（はたて かおる）

学年末特別試験では坂柳対龍園の第一議論に参加。

Mami Suminokura

角倉真美（すみのくら まみ）

学年末特別試験では坂柳対龍園の第一議論に参加。

Hidetoshi Suzuki

すずき　ひでとし
鈴木英俊

無人島サバイバル試験後の客船で、中泉と一緒に七瀬をマークしていた。学年末特別試験では坂柳対龍園の第二議論に参加。

Reon Kondo

こんどう　れおん
近藤玲音

無人島サバイバル試験後の客船で、怪我をした小宮のお見舞いに行った。学年末特別試験では坂柳対龍園の第二議論に参加。

Masashi Sonoda

そのだ　まさし
園田正志

サッカー部所属の男子生徒。学年末特別試験では真田対西野の第一議論に参加。

Miu Suzuhira

すずひら　みう
鈴平美羽

学年末特別試験では真田対葛城の第一議論に参加。

Shohei Nakaizumi

なかいずみ　しょうへい
中泉昌平

無人島サバイバル試験後の客船で、鈴木と一緒に七瀬の行動を監視していた。学年末特別試験では坂柳対龍園の第一議論に参加。

Miko Takarajima

たからじま　みこ
宝島みこ

学年末特別試験では坂柳対龍園の第一議論に参加。坂柳から背信者に選ばれた。

Rinna Fujisaki

ふじさき　りんな
藤崎稟菜

学年末特別試験では坂柳対龍園の第二議論に参加。清水の指摘で、時任がクラスを裏切っているかもと疑念を抱いた。

Yuji Nomura

のむら　ゆうじ
野村雄二

学年末特別試験では坂柳対龍園の第二議論に参加。

Yano

矢野（やの）

生存と脱落の特別試験では前半戦終了時点で脱落する。

Yamaga

山鹿（やまが）

無人島サバイバル試験後の客船で、堀北からの言伝を伊吹に伝えた。

Yamawaki

山脇（やまわき）

無人島サバイバル試験後の客船で、怪我をした小宮のお見舞いに行った。

Kosetsu Yoshimoto

吉本功節（よしもと こうせつ）

学年末特別試験では真田対西野の第一議論に参加。

Mariko Yajima

矢島麻里子（やじま まりこ）

満場一致特別試験のクラスメイトが１人退学になる代わりに１００クラスポイントを得る、という課題の投票では、賛成と反対を行ったり来たりしていた。

Saki Yamashita

山下沙希（やました さき）

文化祭でビラ配りをしていた。学年末特別試験では真田対西野の第一議論に参加。

Yoshika Yube

夕部よしか（ゆうべ よしか）

学年末特別試験では真田対葛城の第一議論に参加。

2学年の総評

General Comment of the Second-year

<Classroom of Ryuen>

クラスリーダー　龍園 翔

2学年終了時の暫定クラスポイント　1040~1090ポイント

特別試験の取り組み

文化祭や体育祭といった学力と無関係の試験で実力を発揮。生存と脱落の特別試験のような、他クラスと直接対決する特別試験で強みを見せたのが飛躍の要因だ。

一年の総括

坂柳クラスから葛城がクラス移動。クラスポイントの出入りの激しかった1年時と比べて明らかにマイナスが減り、順調にポイントを積み重ねてBクラスに昇格。

クラスの強み

龍園の独裁体制は変わらずも、精神的に成長した彼に他の生徒たちが信頼を寄せるように。まとまってきたクラスが龍園の機略を実行に移し成果を上げてきた。

今後の課題

龍園への依存がクラスメイトの成長を妨げる可能性がある。また、2学期の期末テストや協力型総合筆記テストでポイントを失ったように基礎学力の低さが問題。

Classroom of Ichinose

一之瀬クラス

クラスランク

4月　Bクラス
5月　Cクラス降格
8月　Bクラス昇格
10月　Cクラス降格
11月　Dクラス降格
1月　Cクラス昇格
2月　Dクラス降格

一之瀬帆波

いちのせ ほなみ

東京都高度育成高等学校 生徒証明書

学籍番号
S01T004620

クラス
一之瀬クラス

部活動
無所属

誕生日
7月20日

「私が欲しいものはもう1つ。大好きな人……綾小路くん」

Honami Ichinose

誰に対しても優しいが犠牲をともなう決断ができず、Dクラス転落、生徒会辞任と低迷。綾小路のおかげで復調し、他クラスのリーダーたちが認識を改めるほど急成長を遂げる。学年末特別試験では、綾小路と直接対決をすることに。

OAA評価 <over all ability>

4月時点

社会貢献性はトップクラスの評価。数値評価以外では洞察力の高さに定評があり、綾小路と神崎の些細なやり取りから2人が仲良くなっていることを察知する。学年末特別試験では無類の強さを発揮し、堀北が憔悴し切るほどの完勝をする。

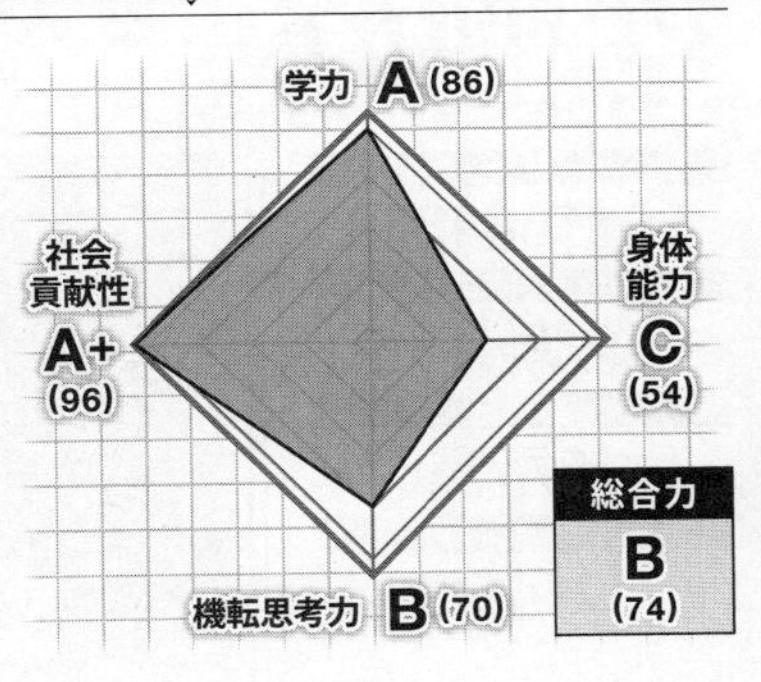

生徒調査書 <student file>

長所にも短所にもなる一之瀬の善性

1人も脱落者を出すことなく、全員で卒業することが目標。退学者を出すような非情な決断はできず、満場一致特別試験では改革派の神崎の意見を封殺。クラスの大半は一之瀬を支持するが、結果としてDクラスまで転落してしまう。

綾小路への恋心を糧にリーダーとして急成長を遂げる

無人島サバイバル試験の最中に綾小路に対する恋心を自覚する。綾小路に恋人ができたと知り一度は距離を置くも、冬休み前に綾小路に振り向いてもらえる人間になると宣言する。そして、3学期の特別試験で能力を覚醒させていく。

神崎隆二

かんざき りゅうじ

学籍番号

S01T004662

クラス

一之瀬クラス

部活動

無所属

誕生日

12月5日

東京都高度育成高等学校
生徒証明書

一之瀬クラスの参謀的な存在。満場一致特別試験で一之瀬を妄信するクラスの風潮に危機感を抱き、一石を投じるが賛同は得られず。Aクラス卒業を諦めつつあったが、綾小路の協力を得て少しずつ改革派のメンバーを集める。

一之瀬クラス

OAA評価 <over all ability>

4月時点

全体的に評価の高い優等生タイプ。一之瀬クラスでは能力上位で、学年末特別試験では中堅として代表者になる。あまり前に出るタイプではなく、会話で相手の心証を悪くしてしまいがちで、機転思考力は他よりもやや低めに評価されている。

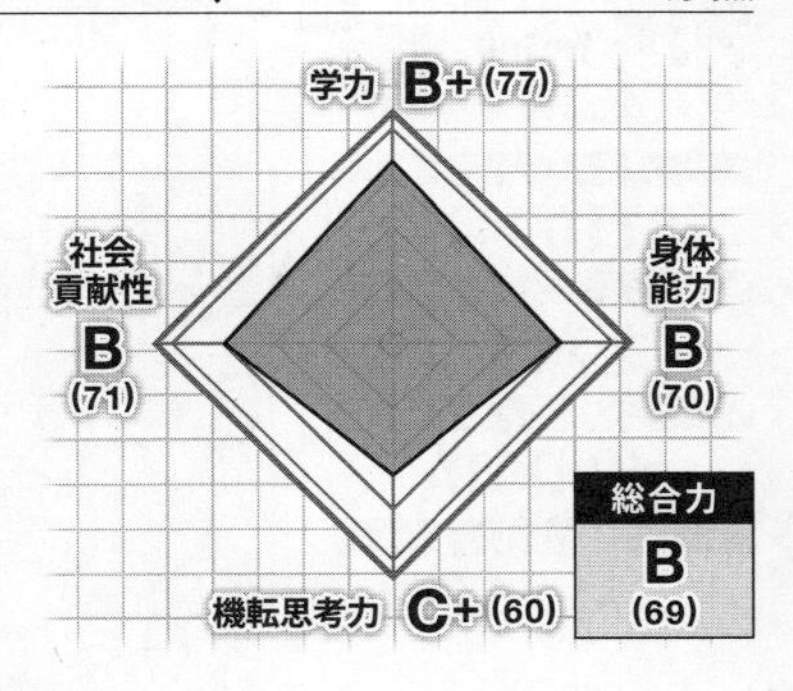

生徒調査書 <student file>

地道に改革派の仲間を増やすが敗北の失意から行動には移せず

学年末特別試験では綾小路が敵の大将として出てきたことに悲観し、堀北に勝ちを譲ってほしいと懇願する。姫野をはじめ仲間を増やしていたが、試験後の感想会でクラスの空気を変えるために行動に移すことができなかった。

敵として警戒しつつも綾小路に相談を持ちかける

他クラスの綾小路に相談することが多く、一之瀬の真意を探ることを依頼した。親が財界人であるため坂柳とは昔からの顔見知りで、綾小路篤臣のことを尊敬している。綾小路がその息子であることを知ると、さらに信頼を深めた。

姫野ユキ

ひめの ゆき

学籍番号
S01T004749

クラス
一之瀬クラス

部活動
NO DATA

誕生日
5月26日

テンションが低い喋(しゃべ)り方で、誰とも親しくならないが、誰とも険悪にならないことを方針とする。和気あいあいとした雰囲気に馴染(なじ)めないが、クラスの和は乱さない。本心ではAクラスで卒業したく、神崎(かんざき)に誘われ改革派の仲間に。

OAA評価 <over all ability>

8月時点

全体的に平均より高めの評価を得ている。機転思考力も平均以上の数値をマークしているものの、ことさら社交的というわけではなく、実際にはクラスの雰囲気を壊さないようにしているだけ。内心は人付き合いが苦手だと感じている。

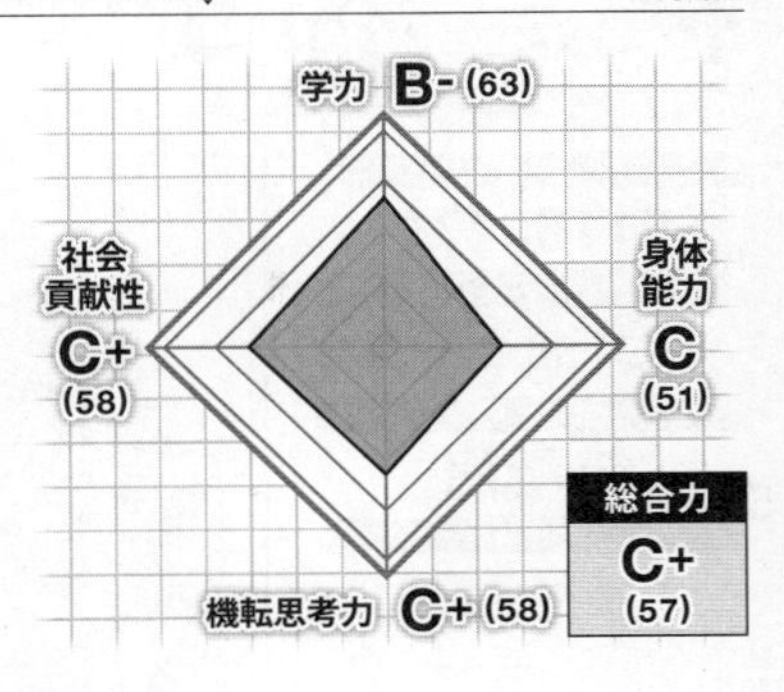

生徒調査書 <student file>

黙って流されるだけの自分を変えるために踏み出した一歩

無人島サバイバル試験後に一之瀬クラスのお疲れ様会が開かれると、大勢で集まることが苦手な姫野は仮病で途中退席する。後をつけてきた綾小路に、お人好しクラスの雰囲気を丸ごと肯定するわけではないことを告白する。

クラスを変えるための行動に自信が揺らぐことも

神崎と腹を割って本音で話し合い、お互いに初めての理解者となる。協力型総合筆記テストの前に神崎、綾小路、網倉たちと一之瀬クラスの今後について話し合うが、実際に行動することの大変さを痛感し、無力感に苛まれる。

網倉麻子

あみくら まこ

東京都高度育成高等学校
生徒証明書

学籍番号

S01T004741

クラス

一之瀬クラス

部活動

無所属

誕生日

10月2日

「ちゃんと帆波ちゃんに寄り添うことしかないいんじゃないかな」

Mako Amikura

一之瀬と仲が良く、同じジムに通うなど休日も会うほど。渡辺から想いを寄せられているが、中学時代から片思いしている相手がいる。無人島サバイバル試験終了後のお疲れ様会で司会を務めるなど、クラスの女子を取りまとめて一之瀬を補佐するような立場にいる。

一之瀬クラス

柴田 颯

しばた そう

「仲間を守り、仲間を信じ抜いたクラスが最後に勝つんだ」

サッカー部所属で身体能力が高い。明るく活発でクラスメイトからの信頼も厚く、一之瀬の方針を支持し、クラス全員で頑張ればいいと考えている。一之瀬に片思い中。

Sou Shibata

学籍番号	S01T004666
クラス	一之瀬クラス
部活動	サッカー部
誕生日	11月11日

浜口哲也

はまぐち てつや

「このまま放置するのは得策じゃないよ」

一之瀬クラスの男子では主導的な立場で、学年末特別試験では先鋒を務める。神崎に同調した改革派の1人だが、神崎の口調にも苦言を呈すほどバランス感覚がある。

Tetsuya Hamaguchi

学籍番号	NO DATA
クラス	一之瀬クラス
部活動	NO DATA
誕生日	NO DATA

白波千尋

しらなみ ちひろ

Chihiro Shiranami

「綾小路くんは……その、ほ、帆波ちゃんとどういう関係なの」

前から一之瀬に恋心を抱いており、一之瀬が気にかけている綾小路のことを警戒している。無人島サバイバル試験では、迷子になっていたところを綾小路に助けられた。

学籍番号	S01T004744
クラス	一之瀬クラス
部活動	美術部
誕生日	11月28日

渡辺紀仁

わたなべ のりひと

Norihito Watanabe

「その網倉のことなんだけど、探り……入れてもらえないか？」

修学旅行以来、綾小路とよく話すようになる。気安さからノックもせず綾小路の部屋を開けてしまい、一之瀬の行動を目撃することに。網倉に好意を寄せている。

学籍番号	NO DATA
クラス	一之瀬クラス
部活動	NO DATA
誕生日	NO DATA

南方こずえ

みなみかた　こずえ

Kozue Minamikata

「今もあんまり変わってない気がするんだけど～」

勉強は苦手だが運動神経が抜群で、無人島試験では浜口（はまぐち）と安藤と同じグループに所属。全員が『先行』カードを活（い）かして調理器具を購入し、クラスの台所番の役割を担う。

学籍番号	S01T004780
クラス	一之瀬クラス
部活動	NO DATA
誕生日	6月1日

安藤紗代

あんどう　さよ

Sayo Ando

「今日はここでキャンプして行きなよ」

運動神経が高く体力に自信があり、無人島サバイバル試験では浜口と南方と同じグループに所属。5日目の夜に綾小路と七瀬（ななせ）に食事を振る舞う。実は柴田（しばた）に恋している。

学籍番号	S01T004713
クラス	一之瀬クラス
部活動	バレー部
誕生日	5月9日

［一之瀬クラス］
その他の生徒
Classroom of Ichinose

Itsuki Aragaki
新垣 樹（あらがき いつき）
学年末特別試験では堀北対神崎の第一議論に参加。

Yuriko Ishimaru
石丸ゆり子（いしまる ゆりこ）
学年末特別試験では平田対浜口の第一議論に参加。

Mashiro Iguchi
井口真白（いぐち ましろ）
学年末特別試験では堀北対神崎の第一議論に参加。

Yume Kobashi
小橋 夢（こばし ゆめ）
無人島サバイバル試験のグループ分けでは、堀北クラスの池を誘おうとした。最終的には竹本と白波とグループを組む。

Nagisa Onuki
大貫なぎさ（おおぬき なぎさ）
学年末特別試験では平田対浜口の第一議論に参加。

Chiba
千葉（ちば）
学年末特別試験では堀北対一之瀬の第一議論に参加。

Makoto Sumida
墨田 誠（すみだ まこと）
学年末特別試験では掘北対神崎の第一議論に参加。

Katsumi Tokito
時任克己（ときとう かつみ）
１年生の混合合宿で綾小路と同じグループになった。龍園クラスの時任裕也とは遠い親戚。

Hitomi Tsube
津辺仁美（つべ ひとみ）
無人島サバイバル試験では石崎と西野とグループを組む。

Niiura
新浦（にいうら）
学年末特別試験では、堀北に代表者候補の一人にあげられた。

Jiro Nakanishi
中西次郎（なかにし じろう）
修学旅行の雪合戦で、綾小路たちと戦ったチームの一人。学年末特別試験では平田対浜口の第一議論に参加。

初川舞峰（はつかわ まほ）
Maho Hatsukawa

交流会で鬼龍院がリーダーのグループに所属。学年末特別試験では、堀北に代表者候補の一人にあげられた。

別府良太（べっぷ りょうた）
Ryota Beppu

１年生時の船上試験で綾小路と同じグループの一人。

峯（みね）
Mine

学年末特別試験では堀北対神崎の議論に「優等生」で参加。

山形ひな（やまがた ひな）
Hina Yamagata

学年末特別試験では平田対浜口の第一議論に参加。

二宮 唯（にのみや ゆい）
Yui Ninomiya

無人島サバイバル試験で、橋本と神室とグループを組む。ＯＡＡの学力はA-で、身体能力はD-。生存と脱落の特別試験で、ジャンル「英語」に選ばれた。学年末特別試験では堀北対神崎の第一議論に参加。

服部（はっとり）
Hattori

学年末特別試験では堀北対一之瀬の議論に「下級生」で参加。

御手洗（みたらい）
Mitarai

学年末特別試験では綾小路対一之瀬の議論に「一般生」で参加。

森山 進（もりやま すすむ）
Susumu Moriyama

学年末特別試験では平田対浜口の第一議論に参加。

米津春斗（よねづ はると）
Haruto Yonezu

学年末特別試験では堀北対神崎の第一議論に参加。

2学年の総評

General Comment of the Second-year

<Classroom of Ichinose>

クラスリーダー　一之瀬帆波

2学年終了時の暫定クラスポイント　714ポイント

特別試験の取り組み

退学者を出さない一之瀬の方針をクラスが支持し、2年連続で退学者を1人も出さなかった。その中でも大敗は回避し、ポイント変動も最小限にとどめた。

一年の総括

クラスポイントのロスは多くないものの、一度に100ポイント以上を得ることも叶わず。前年よりポイント増にもかかわらず、Dクラスへと転落してしまった。

クラスの強み

結束力は学年随一。神崎中心の改革派が水面下で結成されたが、まだクラスに影響力を発揮できず。覚醒しつつある一之瀬に、どのように作用するかは未知数だ。

今後の課題

堀北クラスとポイント差が開いた最下位だが、楽観視する生徒は多く、現状認識が急務。一之瀬の戦略以外にも、各人が個性を発揮していくことが求められる。

Classroom of Sakayanagi

The Tokyo Metropolitan Advanced Nurturing High School The Second-year

坂柳クラス

クラスランク

4月　Aクラス
3月　Bクラス降格後
　　　Cクラス降格確定

坂柳有栖

さかやなぎ ありす

東京都高度育成高等学校 生徒証明書

学籍番号

S01T004737

クラス

坂柳クラス

部活動

無所属

誕生日

3月12日

「私はあなたを好きになっている」

Arisu Sakayanagi

先天性疾患のために歩行の際には杖を用いる。幼少期、ホワイトルームを見学した際に綾小路を知り、綾小路打倒を父に誓う。綾小路との対決を心待ちに、その前哨戦として龍園と学年末特別試験で退学を賭けて戦うことになる。

OAA評価 <over all ability>

4月時点

運動が必要な特別試験に参加できず、身体能力の評価は学年最下位と同評価。だが、天才を自称するように学力は学年トップクラス。戦略性も抜きん出ており、無人島サバイバル試験では司令塔として1年生の企てをことごとく阻止した。

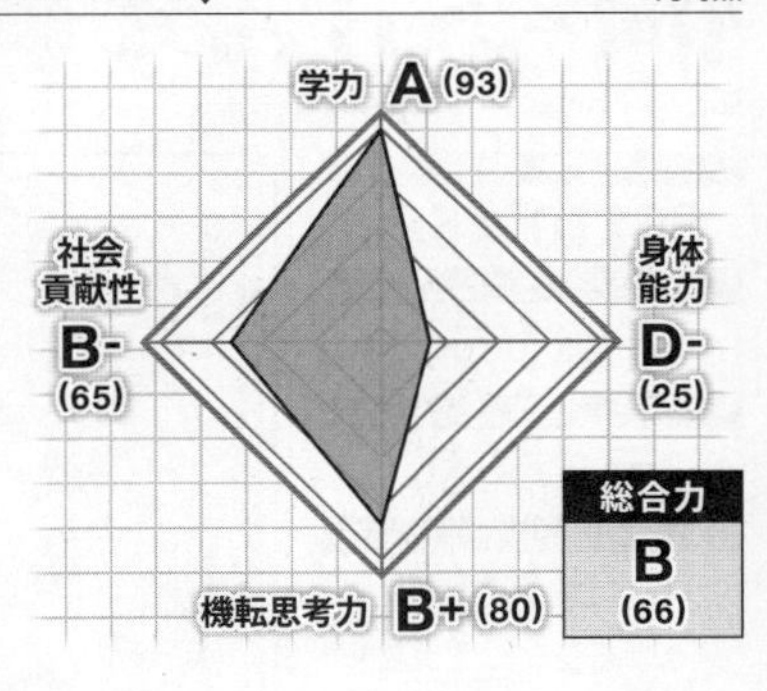

生徒調査書 <student file>

クラスの成績よりも綾小路を優先

リーダーとしてクラスを率いるが、綾小路を何よりも重視する。体育祭では綾小路の策に乗り欠席し、一緒の時間を過ごす。冬休みには綾小路に恋心を告げる。学年末特別試験では綾小路からの伝言を読み解き、敗北を選ぶ。

失って初めて気づく人生初の『友達』の存在

生存と脱落の特別試験では、退学者をくじで選ぶことになり、側近の神室(かむろ)が退学してしまう。当初は平静を装っていたが、綾小路に指摘され、それまで駒と思っていた神室が自分にとって人生初の友達になっていたことに気づく。

橋本正義

はしもと まさよし

学籍番号
S01T004690

クラス
坂柳クラス

部活動
テニス部

誕生日
4月24日

坂柳(さかやなぎ)の側近として情報収集などを担う一方で、Aクラス卒業を確実にするため他クラスの生徒とも内通。綾小路(あやのこうじ)の引き入れを巡って坂柳と対立し、ついに一線を越えて裏切る。1人になって精神的に落ち着きたい時には、トイレの個室に籠もる癖がある。

Masayoshi Hashimoto

坂柳クラス

かむろ ますみ

東京都高度育成高等学校
生徒証明書

学籍番号
S01T004714

クラス
坂柳クラス

部活動
美術部

誕生日
2月20日

「また面倒なことに私を巻き込むつもり？」

Masumi Kamuro

坂柳の側近。万引きを目撃され渋々坂柳の手伝いをしていたが、坂柳から気に入られ、唯一下の名前で呼ばれている。堀北(ほりきた)クラスの立役者が綾小路なのかどうか独自に調べている。生存と脱落の特別試験で退学が決定し、坂柳には裏切り者を退学にするよう言い残す。

OAA評価　4月時点

学力 B-(62)
身体能力 B+(79)
機転思考力 C-(43)
社会貢献性 C+(57)

総合力
B-
(61)

鬼頭 隼

きとう はやと

学籍番号

S01T004664

クラス

坂柳クラス

部活動

NO DATA

誕生日

4月4日

「元来、貴様を倒すのは俺1人で十分だ」

Hayato Kito

坂柳(さかやなぎ)の側近。橋本(はしもと)と行動を共にすることが多い。無口だが身体能力が高く、坂柳のボディガード的な役割を担う。修学旅行で西野(にしの)が他校の生徒に絡まれた時は救出した。ファッションデザイナーになるのが夢で、雑誌やテレビ番組での情報収集に余念がない。

坂柳クラス

山村美紀

やまむら みき

学籍番号

S01T004789

クラス

坂柳クラス

部活動

NO DATA

誕生日

12月29日

地味で存在感が薄く、坂柳から指示されて尾行を任されることが多い。自動販売機の横に佇んでいると落ち着く模様。生存と脱落の特別試験で退学は免れたものの、坂柳の真意を知る一歩が踏み出せずにいたが、交流会で綾小路の後押しもあって坂柳と会話する。

森下藍

もりした あい

「綾小路清隆は、やはり相応の脅威となりそうです」

口調は丁寧だが遠慮がなく、相手をフルネーム呼びして慇懃無礼な印象を与える。クラスが守られていれば個性を出す必要もないと考えていた。変わり者だが状況分析は的確。

学籍番号	S01T004784
クラス	坂柳クラス
部活動	NO DATA
誕生日	9月25日

Ai Morishita

真田康生

さなだ こうせい

「一度、綾小路くんとは話してみたかったんです」

学力が高く、同級生相手にも丁寧な口調を心がけ物腰も柔らかい。同じ吹奏楽部の後輩と付き合っている。坂柳が綾小路と親しくしているのを見て、綾小路に興味を持つ。

学籍番号	NO DATA
クラス	坂柳クラス
部活動	吹奏楽部
誕生日	NO DATA

Kosei Sanada

［坂柳クラス］
その他の生徒
Classroom of Sakayanagi

Yusuke Ishida
石田優介（いしだ ゆうすけ）
学年末特別試験では坂柳対龍園の第一議論に参加。

Satoru Satonaka
里中 聡（さとなか さとる）
体育祭では的場と清水に卓球のダブルスが手薄だという情報を伝えた。生存と脱落の特別試験で漢字が苦手だと判明する。学年末特別試験では真田対葛城の第一議論に参加。

Ikkei Shimazaki
島崎いっけい（しまざき いっけい）
無人島サバイバル試験では、福山と軽井沢と同じグループになる。学年末特別試験では坂柳対龍園の第一議論に参加。

Shigeru Takemoto
竹本 茂（たけもと しげる）
無人島サバイバル試験では小橋と白波とグループを組む。はぐれた白波を助けてくれたお礼に、綾小路にトランシーバーを貸した。

Ko Takanashi
小鳥遊コウ（たかなし こう）
学年末特別試験では坂柳対龍園の第一議論に参加。

Yasumi Sawada
沢田恭美（さわだ やすみ）
クリスマスに、取り寄せていたケーキを坂柳に譲った。交流会では南雲がリーダーを務めるグループに参加。

Naoki Shimizu
清水直樹（しみず なおき）
体育祭でリーダー・坂柳不在の中、奮闘していた。学年末特別試験では真田対西野の第一議論、坂柳対龍園の第二議論に参加。

Hiroshi Sugio
杉尾 大（すぎお ひろし）
生存と脱落の特別試験では脱落者となる。学年末特別試験では真田対葛城の第一議論に参加。

Taiga Tsukasaki

つかさき　たいが
司城大河

無人島サバイバル試験ではトランシーバーで坂柳から指示を受けて行動していた。

Shihori Tsukaji

つかじ　しほり
塚地しほり

学年末特別試験では真田対葛城の第一議論に参加。

Riko Nakajima

なかじま　りこ
中島理子

１年生時の選抜種目試験で英語テストに参加。

Ryoko Nishikawa

にしかわ　りょうこ
西川亮子

１年生時の選抜種目試験で数学テストに参加。

Hoashi

ほあし
帆足

学年末特別試験では坂柳対龍園の第五議論に、「優等生」として参加。

Mao Tanihara

たにはら　まお
谷原真緒

学年末特別試験では真田対葛城の第一議論に参加。

Emi Tamiya

たみや　えみ
田宮江美

学年末特別試験では坂柳対龍園の第一議論に参加。

Shigeru Toba

とば　しげる
鳥羽 茂

生存と脱落の特別試験では脱落者となる。学年末特別試験では坂柳対龍園の第一議論に、「一般生」として参加。

Haruka Nishi

にし　はるか
西 春香

１年生時の混合合宿では一之瀬と同じ小グループに所属

Shinobu Fukuyama

ふくやま　しのぶ
福山しのぶ

無人島サバイバル試験では島崎と軽井沢と同じグループになる。学年末特別試験では真田対西野の第一議論、坂柳対龍園の第二議論に参加。

Shinji Matoba

まとば　しんじ

的場信二

体育祭でリーダー・坂柳不在の中、清水と協力し奮闘した。

Chikako Motodoi

もとどい　ちかこ

元土肥千佳子

学年末特別試験では真田対西野の第一議論、坂柳対龍園の第二議論に参加。

Morimiya

もりみや

森宮

1年生時の船上試験で偵察をしていた。

Koharu Yano

やの　こはる

矢野小春

無人島サバイバル試験で『無効』カードを入手。生存と脱落の特別試験では、前半戦終了時点で脱落した。学年末特別試験では、真田対西野の第一議論、坂柳対龍園の第二議論に参加。

Momoe Rokkaku

ろっかく　ももえ

六角百恵

学年末特別試験では真田対西野の第一議論、坂柳対龍園の第二議論に参加。坂柳対龍園では「優等生」の役職を有した。

Koji Machida

まちだ　こうじ

町田浩二

生存と脱落の特別試験のジャンル「生活」で参加し、最終的に脱落者となる。学年末特別試験では真田対西野の第一議論、坂柳対龍園の第二議論に参加。

Takuro Morishige

もりしげ　たくろう

森重卓郎

学年末特別試験では真田対葛城の第一議論に参加。

Motofumi Yanagibashi

やなぎばし　もとふみ

柳橋元史

学年末特別試験では坂柳対龍園の第一議論に「優等生」として参加。

Kenta Yoshida

よしだ　けんた

吉田健太

学年末特別試験では真田対西野の第一議論、坂柳対龍園の第二議論に参加。

2学年の総評

General Comment of the Second-year

<Classroom of Sakayanagi>

クラスリーダー　坂柳有栖

2学年終了時の暫定クラスポイント　793ポイント

特別試験の取り組み

上半期はそつなくポイントを増やしていたが、坂柳不在の体育祭で急失速。2学期後半から3学期にかけて、まったくポイントを稼げない時期が続いてしまった。

一年の総括

1年時の戸塚に続き、生存と脱落の特別試験で神室が退学。また、葛城の移籍、坂柳の自主退学と離脱者が多かった。裏切りもあり、真価を発揮できない1年だった。

クラスの強み

生徒個々人の能力は学年でも上位で、2年近くAクラスを維持してきたのは紛れもない事実。リーダーの適切な指示によって各人が能力を発揮できれば強い。

今後の課題

坂柳の自主退学でCクラスへと転落。強力なリーダーを失い一部の生徒には諦めムードも。クラス移籍してきた綾小路が起爆剤となるかどうかが今後の鍵を握る。

The Tokyo Metropolitan Advanced Nurturing High School The Second-year

3rd Grade & 1st Grade

3年生・1年生

東京都高度育成高等学校
生徒証明書

南雲 雅

なぐも みやび

学籍番号
S01T004542

クラス
3-A

部活動
元サッカー部

誕生日
NO DATA

Miyabi Nagumo

「ここまで俺を舐めたのは、おまえが初めてだぜ綾小路……」

OAA評価 8月時点

項目	評価
学力	A
身体能力	A
機転思考力	A+
社会貢献性	A+
総合力	−

高度育成高校を真の実力主義に変えるため、生徒会長として改革案を次々と打ち出す。文武に秀で、3年生の全クラスを支配下に置くカリスマ性も兼ね備えている。前生徒会長の堀北学(ほりきたまなぶ)が目をかけていた綾小路(あやのこうじ)に強い関心を示し、ことある毎(ごと)に勝負を持ちかける。

東京都高度育成高等学校
生徒証明書

あさひな なずな

学籍番号
S01T004570

クラス
3-A

部活動
NO DATA

誕生日
1月6日

Nazuna Asahina

南雲と親しい同クラスの女子。他の3年生のように彼を崇拝しているわけではない。お守りを拾ってもらった縁で綾小路と面識を得る。文化祭のプレオープンで負傷して綾小路に保健室に連れて行かれ、そこでの会話内容が綾小路に南雲への興味を抱かせる。

鬼龍院楓花

きりゅういん　ふうか

学籍番号
S01T004579

クラス
3-B

部活動
NO DATA

誕生日
4月10日

名家の出身だが、親の敷いたレールを歩む人生よりは自分の実力を試したいと願い、実力はあるのにAクラス卒業に固執していない。無人島サバイバル試験で月城と司馬を相手にする綾小路に助力。可能なら留年してでも綾小路を見届けたいと思うほどに評価する。

東京都高度育成高等学校
生徒証明書

桐山生叶

きりやま　いくと

学籍番号
NO DATA

クラス
3-B

部活動
NO DATA

誕生日
NO DATA

「おまえの存在は邪魔でしかないんだ綾小路」

Ikuto Kiriyama

OAA評価　7月時点

項目	評価
学力	–
身体能力	B+
機転思考力	–
社会貢献性	–
総合力	–

生徒会副会長。もともとは南雲に強い反抗心を胸に秘め、堀北学から後事を託され、綾小路を紹介された。だが、Aクラス移動の切符を約束され、3年生に進級する頃には南雲に抗うことを諦める。ある目的のために、鬼龍院に万引きの濡れ衣を着せようと画策。

東京都高度育成高等学校 生徒証明書

天沢一夏

あまさわ いちか

学籍番号
S01T004798

クラス
1-A

部活動
NO DATA

誕生日
6月17日

「あたし、綾小路先輩のことよーく知ってるよ」

Ichika Amasawa

自由奔放な性格でデリカシーがなく、ずけずけ物を言ってしまうのでクラスでは浮いている。実はホワイトルームの出身で、月城(つきしろ)によって送り込まれた刺客。最高傑作の綾小路(あやのこうじ)を観察するため、４月の特別試験で接近してくる。

OAA評価 <over all ability>

4月時点

ホワイトルームの出身であり、学力と身体能力は抜きん出ている。無人島サバイバル試験では司馬に負傷させられるも、その状態のまま堀北と伊吹を同時に相手にできるほど格闘能力が高い。ただし、協調性は低く周囲と合わせることは難しい。

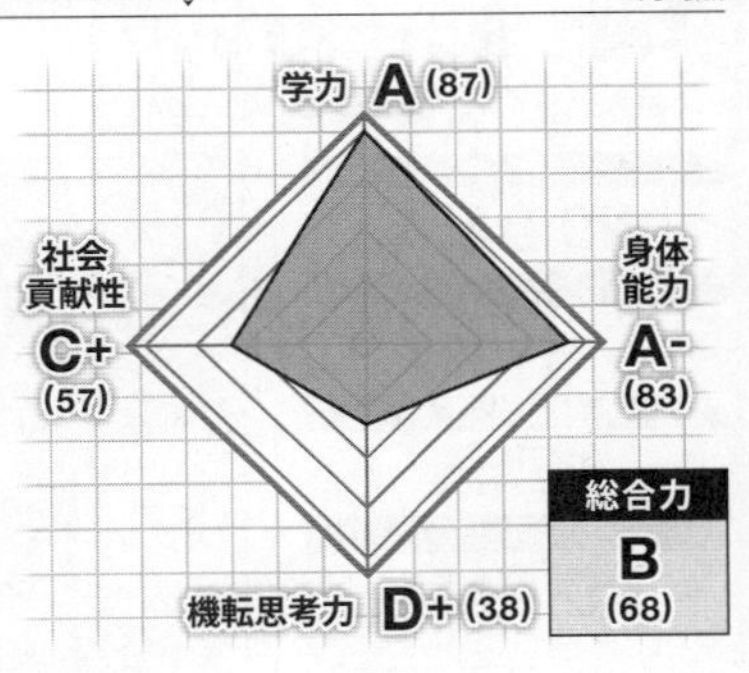

生徒調査書 <student file>

命令に背いた「崇拝のホワイトルーム生」

ホワイトルームでは綾小路の1歳下の5期生。綾小路を退学させるために送り込まれたはずだが、綾小路を尊敬する「崇拝のホワイトルーム生」であり月城の命令に背く。綾小路に好意的な周辺の人物に対しては敵愾心を抱く。

ホワイトルーム同期生の八神には仲間意識を抱く

ホワイトルームで同期の八神とは付き合いが長く、仲間意識を持っている。八神が退学した時には、ショックを受けてしばらく不登校になった。八神退学に関与した南雲に対し、報復しようと考える。

東京都高度育成高等学校 生徒証明書

石上京

いしがみ きょう

学籍番号
NO DATA

クラス
1-A

部活動
無所属

誕生日
NO DATA

「綾小路先生の言う通り、この学校を選んで正解だった」

Kyo Ishigami

OAA評価　8月時点

項目	評価
学力	A (95)
身体能力	D- (25)
機転思考力	B+ (77)
社会貢献性	D (31)
総合力	B- (61)

クラス内ではリーダーとして認められているが、表に出るタイプではない。同じ学習塾だった神崎(かんざき)は天才と評する。波多野(はたの)退学の原因となった人物を追い詰めるなど、仲間思いで情に厚い。綾小路篤臣(あやのこうじあつおみ)を敬愛しているが、父子の争いには中立的な立場を表明している。

八神拓也

やがみ　たくや

東京都高度育成高等学校 生徒証明書

学籍番号
NO DATA

クラス
1-B

部活動
NO DATA

誕生日
NO DATA

「本当は皆さん、もう分かっているんですよね？」

Takuya Yagami

OAA評価　7月時点

学力	身体能力	機転思考力	社会貢献性	総合力
A	C	A	A	－

人当たりが良く成績優秀で、生徒会に所属するクラスのリーダー。櫛田(くしだ)や堀北(ほりきた)と同じ中学の出身と自称するが、実はホワイトルーム出身で、綾小路を憎む「憎悪のホワイトルーム生」。櫛田の過去をネタに強請(ゆす)って手駒とし、綾小路を退学に追い込もうと画策する。

東京都高度育成高等学校
生徒証明書

椿 桜子

つばき さくらこ

学籍番号

S01T004829

クラス

1-C

部活動

NO DATA

誕生日

6月16日

洞察力に優れ、宇都宮を裏から指示する。月城による特別試験（綾小路の退学）を知る1人。無人島サバイバル試験では1年生を指揮して綾小路包囲網を形成する。考え事をする時に、周囲に聞こえない程度で口にして推理する癖がある。

「私この学校に未練とか無いのよね」

Sakurako Tsubaki

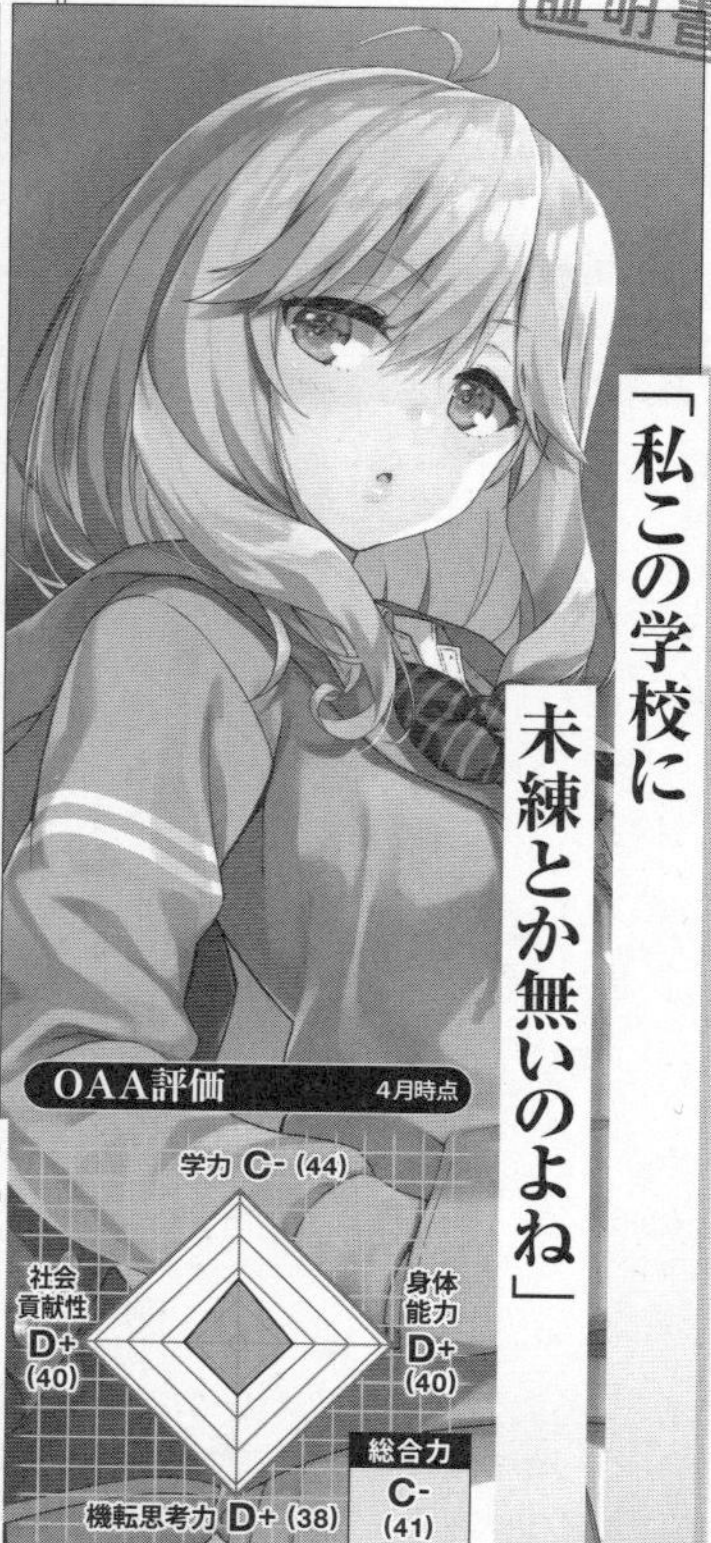
OAA評価
4月時点
学力 C- (44)
社会貢献性 D+ (40)
身体能力 D+ (40)
機転思考力 D+ (38)
総合力 C- (41)

3年生・1年生

宇都宮 陸

うとみや りく

学籍番号
NO DATA

クラス
1-C

部活動
NO DATA

誕生日
NO DATA

1年Cクラスのリーダー。月城による特別試験（綾小路の退学）を知る1人で、早期から椿と共に綾小路に接触を図る。敬語で喋(しゃべ)るのが少し苦手。クラスメイトの波多野(はたの)が退学した理由を宝泉(ほうせん)のせいだと思い、無人島サバイバル試験の最中に宝泉への報復を企(たくら)む。

東京都高度育成高等学校 生徒証明書

「おまえが覚悟を持つというなら止める権利は俺に無い」

Riku Utomiya

OAA評価　4月時点

学力 B (72)
身体能力 A (87)
機転思考力 C (51)
社会貢献性 D+ (39)
総合力 B (66)

七瀬 翼

ななせ つばさ

学籍番号

S01T004839

クラス

1-D

部活動

NO DATA

誕生日

6月12日

明るく素直で社交的な性格。宝泉（ほうせん）に物怖じせず直言でき、暴走しないよう補佐している。月城（つきしろ）による特別試験（綾小路の退学）を知る1人であり、無人島サバイバル試験では綾小路（あやのこうじ）と行動を共にすることを申し出る。

OAA評価 <over all ability>

4月時点

ＯＡＡ評価は軒並み平均以上で総合評価も高い。無人島サバイバル試験では綾小路に同行し、体育祭ではバレーで活躍するなど身体能力や運動能力も高い。また、堀北が生徒会長に内定したことを知ると、生徒会役員に立候補して書記となる。

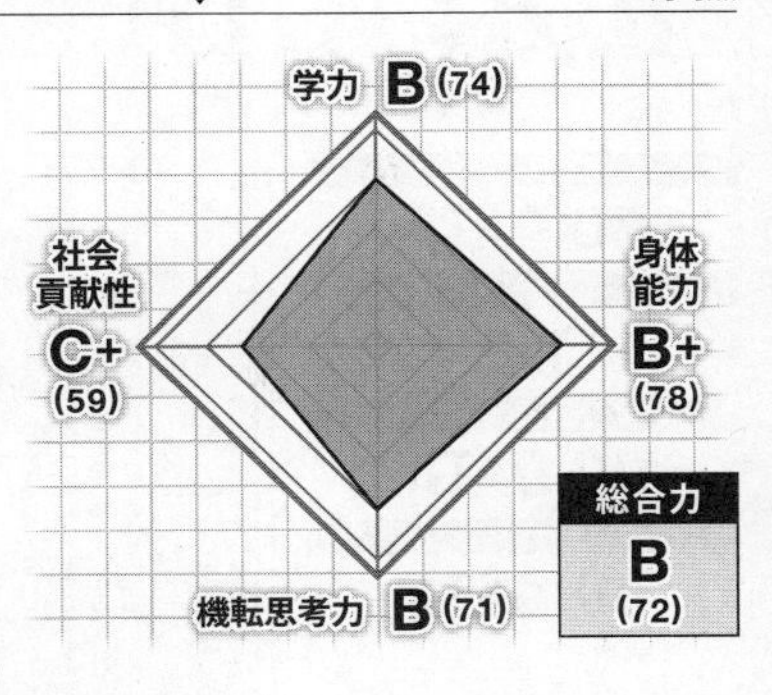

生徒調査書 <student file>

綾小路篤臣に追放された松雄の息子と幼馴染

１つ年上の松雄栄一郎と幼馴染。綾小路篤臣の圧力によって将来を潰された栄一郎の仇討ちをするために綾小路に接近した。栄一郎の人格を演じ、栄一郎の思考をトレースして行動する際には、一人称が「ボク」になる。

綾小路を狙う特別試験に参加も本当に敵であるか見極める

月城に復讐心を焚き付けられ、高度育成高校に送り込まれたが、無人島サバイバル試験の最中に綾小路と和解。それ以降は反綾小路勢力から綾小路を守る言動を取ったり、天沢を警戒するように伝えたりするようになる。

東京都高度育成高等学校 生徒証明書

宝泉和臣

ほうせん かずおみ

学籍番号
NO DATA

クラス
1-D

部活動
NO DATA

誕生日
NO DATA

1年Dクラスリーダー。中学時代には龍園(りゅうえん)と並ぶほど名を馳(は)せた不良。身体能力に秀でているだけでなく喧嘩(けんか)の経験も豊富で、独裁体制でクラスを掌握(しょうあく)した。駆け引きもでき、綾小路(あやのこうじ)を退学させようと策を練って仕掛けていく。一之瀬(いちのせ)のことが気になっている模様。

Kazuomi Hosen

「笑わせんな、テメェ如きで俺に敵うと思ってんのかよ」

OAA評価 4月時点

項目	評価
学力	B+ (76)
身体能力	B+ (80)
機転思考力	D (32)
社会貢献性	E (12)
総合力	C (55)

［OTHERS］

他学年の生徒

3rd and 1st grade

クラス	名前		説明
3-A	殿河	とのかわ Tonokawa	南雲生徒会時代の書記。南雲や桐山よりも少し早く生徒会を辞める。
3-A	溝脇	みぞわき Mizowaki	同じく南雲生徒会時代の書記。南雲や桐山よりも少し早く生徒会を辞める。
3-A	多々良	たたら Tatara	宝探しゲームでは松下とペアを組むため、彼女に絡んでいた男子生徒。ＯＡＡ評価では全体的にＢ～Ｃと平均よりやや高い成績。
3-B	榎嶋翠子	えのしま　みどりこ Midoriko Enoshima	ケヤキモールのカフェで高円寺とお茶をしていた女子。
3-B	木更津	きさらづ Kisarazu	無人島サバイバル試験後の客船で、３年生の女子たちが話題にしていた。
3-B	岸	きし Kishi	南雲が大金を賭けて特定の生徒を退学にさせる遊びをしている、という噂話をしていた。
3-B	三木谷	みきたに Mikitani	無人島サバイバル試験で高円寺を包囲した３年フリーグループの一つを率いていた。その際に、南雲の評価を稼ぐため、桐山と意見が対立する。
3-C	勝俣	かつまた Katsumata	無人島サバイバル試験で下位５グループの代表者の一人。
3-C	東雲	しののめ Shinonome	無人島サバイバル試験で下位５グループの代表者の一人。
3-C	須知萌香	すち　もえか Moeka Suchi	朝比奈の友人。重大違反を犯したため、退学処分になる。あだ名は「スッチー」。
3-C	南皮	みなみかわ Minamikawa	交流会でグループリーダーを務めた一人。
3-D	安在	あんざい Anzai	鬼龍院から追われている山中をかばった男子生徒。鬼龍院に踏みつけられ、山中を出せと迫られた。
3-D	井木	いき Iki	交流会でグループリーダーを務めた一人。ＯＡＡ評価の学力は D+。
3-D	川上	かわかみ Kawakami	無人島サバイバル試験で下位５グループの代表者の一人。

クラス	名前		説明
3-D	立花賢人	たちばな けんと Kento Tachibana	鬼龍院の一件で呼び出された山中の代わりに、綾小路と朝比奈と会話した男子。
3-D	舘林	たてばやし Tatebayashi	交流会で高円寺が所属するグループのリーダー。
3-D	武藤	むとう Muto	無人島サバイバル試験で下位５グループの代表者の一人。
3-D	籾山	もみやま Momiyama	３学期の始まりに退学者が出る可能性のある特別試験があることを、龍園に伝えた。
3-D	山中郁子	やまなか いくこ Ikuko Yamanaka	典型的なＤクラスタイプで、ＯＡＡ評価も全能力が平均以下。鬼龍院のバッグに会計前の商品を忍ばせようとした。
3年生	押尾	おしお Oshio	無人島サバイバル試験で握力測定をしていた。
3年生	落合	おちあい Ochiai	無人島サバイバル試験でリーダーを務め、７日目の時点で１３３点で４位だった。
3年生	黒永	くろなが Kuronaga	無人島サバイバル試験で自らのグループが10位に入賞。試験中、10位を維持し続けたのは南雲からの指示だった。
3年生	田中	たなか Tanaka	交流会で軽井沢の属する第７グループのリーダーを務めた。
3年生	堂道	どうみち Domichi	３年生でも秀才とされる生徒。無人島サバイバル試験で課題「英語」を受け、高円寺を上回り、１位を取る。
3年生	徳永	とくなが Tokunaga	身体能力がB+の生徒。無人島サバイバル試験の課題「ビーチフラッグス」で七瀬と戦い敗れた。
3年生	富岡	とみおか Tomioka	無人島サバイバル試験の課題「ビーチフラッグス」の１試合目で七瀬に敗北。身体能力はC+。
3年生	益若	ますわか Masuwaka	無人島サバイバル試験で南雲と会話していた生徒。
3年生	溝江	みぞえ Mizoe	無人島サバイバル試験でリーダーを務め、７日目の時点で１３３点で４位だった。
3年生	諸岡	もろおか Morooka	無人島サバイバル試験で高円寺を包囲するフリーグループの一員。
1-A	阿賀	あが Aga	生徒会に所属する生徒。
1-A	小角 暖	こすみ だん Dan Kosumi	交流会で鬼龍院グループに所属。

クラス	名前		説明
1-A	高橋 修	たかはし　おさむ / Osamu Takahashi	学力はC+と低めだが、コミュニケーション能力が高く、他クラスや他学年にも多くの友人を持つ。それ故、話し合いの場に呼ばれることが多い。坂柳ともクラス間の交渉をしていた。
1-A	豊橋峨朗	とよはし　がろう / Garo Toyohashi	交流会で鬼龍院グループに所属。交流会を通して、同じグループの綾小路を尊敬するようになる。
1-A	栗原春日	くりはら　かすが / Kasuga Kurihara	4月の特別試験で、初日にパートナーを確定した女子生徒。
1-A	小西徹子	こにし　てつこ / Tetsuko Konishi	4月の特別試験で、初日にパートナーを確定した女子生徒。
1-A	三井あゆみ	みつい　あゆみ / Ayumi Mitsui	無人島サバイバル試験で椿と同じグループ。
1-A	藤堂 凛	とうどう　りん / Rin Todo	交流会で南雲グループに所属。
1-B	木林	きばやし / Kibayashi	無人島サバイバル試験後の客船でプライベートプールを予約していた。
1-B	柳 安久	やなぎ　やすひさ / Yasuhisa Yanagi	交流会で鬼龍院グループに所属。アーチェリーで堀北と戦い敗北した。
1-B	榮倉まみ	えいくら　まみ / Mami Eikura	交流会で鬼龍院グループに所属。
1-B	島崎	しまざき / Shimazaki	4月の特別試験で軽井沢とペアを組んだ生徒。
1-B	堂上美津子	どうがみ　みつこ / Mitsuko Dogami	無人島サバイバル試験で椿と同じグループ。
1-B	萩原千颯	はぎわら　ちはや / Chihaya Hagiwara	交流会で南雲グループに所属。
1-B	福地陽菜乃	ふくち　ひなの / Hinano Fukuchi	交流会で南雲グループに所属。
1-B	宮	みや / Miya	吹奏楽部に所属し、坂柳クラスの真田と恋人関係。
1-C	井口由里	いぐち　ゆり / Yuri Iguchi	交流会で南雲グループに所属。
1-C	片桐	かたぎり / Katagiri	無人島サバイバル試験で宇都宮から預かったトランシーバーを宝泉に渡す。
1-C	倉地直広	くらち　なおひろ / Naohiro Kurachi	宇都宮に頼まれて、無人島サバイバル試験で綾小路を襲うフリをした生徒。宝探しゲームに田栗と参加した。

クラス	名前		説明
1-C	新徳太郎	しんとく　たろう Taro Shintoku	交流会で鬼龍院グループに所属。交流会を通して、同じグループの綾小路を尊敬するようになる。
1-C	波田野	はたの Hatano	１年Ｃクラスの男子で、学力Ａを持つ生徒。破れば即退学のペナルティ行為に手を出し、退学処分になった。
1-C	滑川あずき	なめかわ　あずき Azuki Namekawa	交流会で南雲グループに所属。
1-D	小保方幸喜	おぼかた　こうき Koki Obokata	交流会で鬼龍院グループに所属。新徳と豊橋が綾小路を尊敬しだしたことを不思議に思っていた。
1-D	梶原	かじわら Kajiwara	４月の特別試験で堀北が接触した生徒の一人。
1-D	加賀	かが Kaga	Ｄクラスの中では学力が高いほうの生徒。
1-D	白鳥	しらとり Shiratori	学力Ａの生徒。４月の特別試験では、須藤とペアを組む代わりに 50 万プライベートポイントを堀北に要求した。
1-D	巻田高茂	まきた　たかしげ Takashige Makita	無人島サバイバル試験で椿と同じグループ。
1-D	三神	みかみ Mikami	加賀や白鳥と同じように学力の高い生徒。
1-D	大崎乃愛	おおさき　のあ Noa Osaki	交流会で南雲グループに所属。
1-D	十手美空	じって　みそら Misora Jitte	交流会で鬼龍院グループに所属。
1-D	望月	もちづき Mochizuki	無人島サバイバル試験後の客船でプライベートプールを予約していた。
1-D	帯刀 碧	たてわき　あおい Aoi Tatewaki	交流会で南雲グループに所属。
1年生	根岸	ねぎし Negishi	学校を去る坂柳を見送った綾小路に、手紙を手渡した女子生徒。手紙には電話番号とイニシャルの「N」が書かれていた。
1年生	江藤	えとう Eto	宝探しゲームに参加した生徒。その際に、堀北に筆跡を確認された。
1年生	田栗	たぐり Taguri	宝探しゲームで倉地とペアを組んだ生徒。

The Tokyo Metropolitan Advanced Nurturing High School The Second-year

School Officials & The Others

学校関係者・その他

茶柱佐枝

ちゃばしら さえ

担当クラス
堀北クラス

誕生日
5月20日

堀北(ほりきた)クラスの担任。高度育成高校の卒業生で、卒業間近に自身の過ちによりAクラス卒業を逃す。月城(つきしろ)の企(たくら)みを知り、陰ながら綾小路(あやのこうじ)をサポートする。満場一致特別試験では、過去と決別して精神的に成長。人当たりが柔らかくなり、生徒の相談にも親身になる。

星之宮知恵

ほしのみや ちえ

担当クラス

一之瀬クラス

誕生日

2月1日

東京都高度育成高等学校 職員証明書

「私はサエちゃんにだけは負けられない」

Chie Hoshinomiya

一之瀬(いちのせ)クラスの担任。高度育成高校の卒業生で、在校時は茶柱、真嶋(ましま)と同級生。学生時代にAクラスで卒業できなかったのは茶柱のせいと考えており、茶柱が教師としてAクラスを目指すことが許せず、学校のルールに抵触してでも邪魔をしようと考えている。

真嶋智也

ましま　ともや

Tomoya Mashima

「今回は大目に見る。次回からは気をつけるんだぞ」

坂柳クラスの担任。高校時代は茶柱、星之宮と同級生。月城の不正介入に目を光らせ、無人島サバイバル試験では企みを阻止する。ジムの受付の秋山に好意を抱いている。

担当クラス	坂柳クラス
誕生日	2月16日

坂上数馬

さかがみ　かずま

Kazuma Sakagami

「君があの不良品と呼ばれたクラスを変えたんですかね」

龍園クラスの担任。自クラスに肩入れする傾向がある。だが、堀北クラスの躍進、綾小路や須藤の成長を素直に褒めるなど、教育者らしい側面を見せることも。

担当クラス	龍園クラス
誕生日	12月7日

司馬克典

しば　かつのり

Katsunori Shiba

「おまえには即刻退場してもらうことにしよう」

新年度から赴任した1年Dクラスの担任。月城（つきしろ）の協力者でホワイトルームの存在を知っている。無人島サバイバル試験では月城と協力し、綾小路を追い込もうとする。

担当クラス　1-D

誕生日　NO DATA

月城常成

つきしろ　ときなり

Tokinari Tsukishiro

「綾小路清隆をこの学校から追い出していただきたい」

不正疑惑が出た坂柳成守（なりもり）に代わり、理事長代理となる。綾小路篤臣（あつおみ）から綾小路を退学させるために送り込まれた。一部の1年生には、綾小路を退学させる特別試験を通達。

役職　理事長代理

誕生日　NO DATA

坂柳成守

さかやなぎ　なりもり

Narimori Sakayanagi

役職	理事長
誕生日	NO DATA

「やれることをやらず防げなかった後悔は避けたいと考えている」

高度育成高校の理事長。不正疑惑のために謹慎していたが、夏休み中に月城(つきしろ)が学校を去った後、理事長職に復帰。綾小路(あやのこうじ)父子の対立では清隆(きよたか)に寄り添おうとしている。

綾小路篤臣

あやのこうじ　あつおみ

Atsuomi Ayanokoji

役職	NO DATA
誕生日	NO DATA

「あと1年は好きにするといい。それまで一切の手出しはせん」

綾小路清隆の父。綾小路を退学させて連れ戻すために、月城やホワイトルーム生を刺客として送り込むが真意は不明。学年末の三者面談には、ある思惑を持って出席する。

[OTHERS]
その他
School Officials & The Others

小木曽（おぎそ） Ogiso
文部科学大臣。高度育成高等学校に対し、退学のリスクを恐れず運営するように要望を出していた。

直江（なおえ） Naoe
元幹事長で、都内の病院にて亡くなったと報道されていた。

秋山（あきやま） Akiyama
ケヤキモールにあるジムの受付をする職員。ウェーブがかった長めの髪をしており、やや童顔ながらもしっかりした大人の綺麗な女性。真嶋が好意を抱いている女性で、綾小路に彼女の情報を集めさせた。

碇（いかり） Ikari
満場一致特別試験を監査する教師。

佐々木（ささき） Sasaki
無人島サバイバル試験の結果を発表した、3年Aクラスの担任。

高遠（たかとお） Takato
3年Bクラスの担任。宝探しゲームの内容を説明した。

松雄父 Matsuo's father
綾小路家の執事だったが、綾小路篤臣の不興を買い自殺したとされる人物。

松雄栄一郎（まつお えいいちろう） Eiichiro Matsuo
七瀬の1つ年上の幼馴染の男子。篤臣の執拗な根回しのせいで進学先を追われ高校を退学。その後はアルバイトで生計を立てていたが、2月14日に命を絶ったのを発見した、と七瀬が語った。

高円寺社長（こうえんじしゃちょう） President Kouenji
高円寺六助の父親で、高円寺コンツェルンの社長。背が高く体格がいい男性。六助が、綾小路清隆に破れAクラス以外で卒業することになった際は、綾小路篤臣と一対一で会うことを約束した。

鬼島（きじま） Kijima
市民党所属。現在の内閣総理大臣。高度育成高等学校推進派であり、学年末特別試験を見届けた。高円寺社長は支援者の一人。

綾小路への印象

to Ayanokoji

櫛田桔梗

to Ayanokoji

自分の本性を認めてくれた。

堀北鈴音

to Ayanokoji

自分を認めてもらいたい相手。

軽井沢 恵

to Ayanokoji

元恋人だが、割り切れてはいない。

高円寺六助

to Ayanokoji

自分の方が完璧な存在。興味ない。

1学年では裏で掘北クラスに貢献し、2学年では徐々に実力を現すようになった綾小路。彼に対して、周りの人物がどう思っているのかまとめてみた。

坂柳有栖
to Ayanokoji

倒すべき相手であり、好きな人。

一之瀬帆波
to Ayanokoji

綾小路の本性を知った。秘密の共犯者。

椎名ひより
to Ayanokoji

読書仲間。淡い思いを抱いている。

龍園 翔
to Ayanokoji

因縁の相手。倒すべきライバル。

八神拓也
to Ayanokoji

憎むべき存在。

天沢一夏
to Ayanokoji

崇拝する存在で興味対象。

七瀬 翼
to Ayanokoji

一時は憎んでいたが和解。

南雲 雅
to Ayanokoji

実力を認めている。勝負したい相手。

高度育成高等学校
私服コレクション
Casual Clothes Collection

2学年になり学校での生活にも
馴染みだした綾小路たちや、3年生、
新1年生の私服を見てみよう。

七瀬 1巻

綾小路&鬼龍院 9.5巻

4.5巻 軽井沢

一之瀬 9巻

9.5巻
坂柳
龍園
9.5巻
12.5巻
堀北
神室
9.5巻
9.5巻
椎名

The Tokyo Metropolitan Advanced Nurturing High School

関係者 School Guide

市民党

市民党の支持率は高水準を保ち、長期政権を匂わせる様相になっている。市民党のトップであり内閣総理大臣の鬼島は、かつて文部科学大臣を経験したこともあり、高度育成高等学校の推進派としても知られる。市民党が学校に与える影響力は無視できない。

鬼島
内閣総理大臣

小木曽文部科学大臣

直江元幹事長

市民党を取り巻く人間

高円寺社長

綾小路篤臣

市民党から離党し、共栄党に所属する綾小路篤臣。市民党を崩すために篤臣は、高円寺父と接触する。高円寺父は市民党にとって最大の支援者だ。彼を寝返らせることができれば、市民党の状況は大きく変わる。篤臣の思惑に、清隆と六助は巻き込まれつつある⁉

The Tokyo Metropolitan Advanced Nurturing High School

東京都高度育成高等学校活動報告

2年生編

2年生に進級し、Aクラスを巡るクラス間の戦いも激化の一途を辿る。その間に行われる学校行事もあわせた1年間の軌跡を追う。

The Second-year Activity Report

Story Guidance vol.01

4月～5月 新入生とペアを組む筆記試験

綾小路たちは2年生へと進級した。新年度を迎えた高度育成高等学校では、南雲生徒会長の発案したOAA（over all ability）が導入され、各生徒の能力が数値化してアプリで表示されるようになった。そして2年生になって最初の特別試験では、このOAAを参考に1年生からパートナーを選び、ペアで筆記試験に挑むことになる。しかし新入生の中には、月城理事長代理に送り込まれたホワイトルーム出身者がいるため、綾小路はその正体を探る必要性に迫られるのであった。

1巻

要点 Main points

Rule 筆記試験のルール

学年別におけるクラスの勝敗

◆クラス全員の点数とパートナー全員の点数から導き出す平均点で競う。

◆平均点が高い順から、50ポイント、30ポイント、10ポイント、0ポイントのクラスポイント報酬を得る。

個人の勝敗

◆パートナーと合わせた点数で採点される。

◆上位5組のペアに特別報酬として各10万プライベートポイントが支給される。

◆上位3割のペアに対して各1万プライベートポイントが支給される。

◆合計点数が500点以下の場合2年生は退学、1年生は保持しているクラスポイントに関係なく、プライベートポイントの振り込みが3か月間行われない。

◆意図的に問題を間違えるなどして点数を操作、下げたと判断された生徒は学年に関係なく退学とする。同じく低い点数を第三者が強要した場合も同様にその者を退学とする。

パートナーを決める上での方法とルール

◆OAAを使い希望の生徒に1日一度だけ申請することが可能（受諾されなかった場合、申請は24時にリセットされる）。

◆相手が申請を承諾した場合にはパートナーが確定し、以後解除は不可能となる。
※退学や大病など止むを得ぬトラブルを除く。

◆パートナーが確定した両名は、その翌日の朝8時に一斉にOAA上で情報の表示が更新され、新たに申請を受け付けることは出来なくなる。
※パートナーを組んだ相手が誰であるかは明記されない。

◆特別試験までペアを組みきれなかった場合には、当日の朝8時にランダムで選ばれる。
※時間切れによって誕生したペアの2人は、総合点から5%分の点数ペナルティを受ける。

◆退学者により2年生の生徒数が少ない場合、余った1年生は、その生徒の持ち点を2倍にすることで補填される。
※ただし同様にペナルティ5%が課せられる。

新入生とペアを組む筆記試験

綾小路に接近する

謎の新入生・天沢

　春休みが明けて髪を短くした堀北に騒然となる2年Dクラスであったが、茶柱から特別試験の説明がなされるやいなや、一瞬にして緊張が走る。今回の特別試験は学力と共にコミュニケーション能力が問われ、成績や社交性に難のある生徒をクラス全体でフォローする必要がある。堀北は綾小路と一緒に協力的な1年生を探す。

　それと並行して堀北と綾小路の勝負も進行することに。勝負内容は、筆記試験のどれか1科目を対象にした点数勝負。綾小路が勝てば堀北は生徒会に入ることになり、堀北が勝てば綾小路はクラスのために実力を惜しみなく発揮することを約束していたのである。

　特別試験に向けて一之瀬は、1年生と2年生の交流会を開く。堀北は交流会の参加者を冷静に見定める一方、社交性で一之瀬と勝負しても敵わないため別戦略を採択する。1年生たちに声をかけるが、高額なプ

ライベートポイントを要求されてしまう。情報を収集していく内に、坂柳(さかやなぎ)クラスと龍(りゅう)園(えん)クラスが買収戦略を採り、マネーゲームへと発展しそうな現状が浮かび上がる。そこで堀北は、マネーゲームには参加しない方針を明確に打ち出すのであった。

そんな中、堀北たちに声をかけてくる1年生がいた。1年Aクラスの天沢一夏(あまさわいちか)だ。彼女は料理の腕前が確かなら任意の生徒とペアを組むと提案する。後日、綾小路は天沢とケヤキモールへ。そこでペティナイフなどの調理道具や食材を買わされ、綾小路は自室で料理を振る舞うことに。天沢から出された課題料理はトムヤムクン。綾小路はワイヤレスイヤホンで堀北から指示を受け料理を完成させ、及第点の評価をもらって天沢と須藤(すどう)をペアにすることに成功した。

軽井沢(かるいざわ)は綾小路と恋人関係になってからも、自身のネットワークを駆使して情報収集する役割をこれまで通り担っている。綾小路の指示で、ケヤキモールでペティナイフを購入しようとした人物を探る。その後、軽井沢は、恋人らしく綾小路の部屋で2人で勉強することに。そこに天沢が押しかけてきて、ヘアゴムを落としたと言い部屋に上がり込む。そして、綾小路の目を盗んでペティナイフを持ち出していった。

堀北たちを挑発し続ける宝泉の狙いは……？

綾小路が1年Cクラスの宇都宮(うとみや)と椿(つばき)の誘いを断る一方、堀北は1年Dクラスの七瀬(ななせ)と会合を繰り返し、Dクラス同士での協力関係を模索する。だが、クラスを掌握する宝泉を引きずり出す必要があると気づく。七瀬のはからいで堀北、綾小路、須藤はカラオケルームで宝泉と直接対面するが、交渉は難航……。その帰り道、宝泉は、堀北たちを寮の裏手へと誘導し、暴力に訴えて相手に不利な契約を押し付けようとする。宝泉は、入学時に南雲から喧嘩は厳しく罰しない言質を取っていたのだ。

途中から喧嘩腰の強気交渉に舵を切った宝泉。その真の狙いは、天沢が綾小路の部屋から盗み出したペティナイフで自分の脚を自傷することにあった。綾小路の指紋のついたナイフで刃傷沙汰になれば、綾小路は退学を余儀なくされるはず。

そんな宝泉の意図をいち早く察知した綾小路は左手でナイフを受けて制圧。この状況を利用し、宝泉を退学の危機へと追い込む。策が破れたことを悟った宝泉は、対等な協力関係を結ぶことと、宝泉が綾小路とパートナーを組むことを受け入れるのだっ

▲ Hosen & Ayanokoji

た。綾小路はホワイトルーム生とペアになることだけは回避しなければならなかったが、宝泉の言動はあまりに目立ちすぎているためホワイトルーム出身者ではないと判断していたからである。

そして宝泉が去ったあと、七瀬はあることを告白。ごく一部の1年生に、綾小路を退学させたら2000万プライベートポイントが支給される特別試験が課されていたのだ。つまり、ホワイトルームからの刺客以外にも、綾小路の首を狙う生徒がいるということになる。七瀬は、綾小路が狙われなければならない人物なのかどうか、まだ見極めている最中だという。

無事にクラス全員のパートナーが決定して臨んだ特別試験は、退学者を出すことなく終えることができた。

その裏で綾小路と堀北の勝負が同時進行していた。科目は数学で行われ、綾小路が満点を叩き出して勝利する。どの教科でも満点を取る生徒がいなかったため、これにより綾小路はさらに他の生徒たちから注目を集めることになるのであった。

mini topic

佐藤と軽井沢の諍いと和解

佐藤に呼び出された軽井沢は、人気のない場所へと誘導され、綾小路と付き合っているのではないかと問い質された。返答に窮する軽井沢だが、佐藤との友情を鑑み、まだ公言していない綾小路との恋人関係を正直に答える。平手打ちを食らったものの、和解したのちに佐藤を抱きしめるのであった。

解答 Answer

進級後初の特別試験は、１年生とペアを組んでの筆記試験だ。合計点数が５００点以下の場合、２年生は退学に。学力に不安を抱える堀北クラスは、成績優秀者を探すが、ＯＡＡのせいでペア決めは難航する。

▼試験の難易度

試験は最難関とも言えるが、ＯＡＡの学力がＥ付近の生徒でも、予習なしで１５０点以上は取れるように作られている。

学力Ｅ　１５０点～２００点
学力Ｄ　２００点～２５０点
学力Ｃ　２５０点～３００点
学力Ｂ　３５０点前後
学力Ａ　４００点前後

ペア

- ◆綾小路清隆と宝泉和臣
- ◆櫛田桔梗と八神拓也
- ◆軽井沢恵と島崎
- ◆須藤健と天沢一夏
- ◆高円寺六助と七瀬翼

▼結果を左右するペア選び

堀北クラスは学力の低い者が多く、ペア相手の学力も低い場合、５００点以下になるおそれがある。そんな考えを見抜いている１年生側から、ペアを組む代わりに高額なプライベートポイントを要求され、ペア組みは難航する。堀北は宝泉たちと話し合い、１年Ｄクラスと協力関係を結ぶことで特別試験を乗り切るのだった。

▼綾小路が宝泉を選んだ理由

綾小路が5教科で100点満点を取れても、1年生側が0点取れば、500点以下で退学になる。綾小路は、自分を陥れようとした宝泉をペアに選ぶ。宝泉がわざと0点を取っても、刺された事実を学校に訴えることで退学を回避できるからだ。

総合順位

順位	クラス	平均
1位	坂柳クラス	平均725点
2位	龍園クラス	平均673点
3位	堀北クラス	平均640点
4位	一之瀬クラス	平均621点

クラスポイントの推移

クラス	変動前	増減	変動後
堀北クラス	275ポイント	+8ポイント	283ポイント
龍園クラス	540ポイント	+25ポイント	565ポイント
一之瀬クラス	542ポイント	-3ポイント	539ポイント
坂柳クラス	1119ポイント	+50ポイント	1169ポイント

Story Guidance vol.02

前哨戦となる人材獲得合戦

5月〜7月

2巻

綾小路が特別試験の数学で、取れるはずのない満点を取った。今までクラスに実力を騙していたのか、それとも不正か……。堀北クラスは騒然となるも、堀北と平田の機転によって綾小路への疑念を晴らすことができた。一方、綾小路はホワイトルーム生の存在を警戒し続けるが、特に動きのないまま月日は過ぎていく。そして昨年と同様、夏休みに無人島で特別試験が開催されることが告げられた。生徒たちは試験に備え、グループの相手探しに奔走することになる。

・物語の注目キャラクター

無人島サバイバル試験の導入部となる２巻。
注目のキャラクターをピックアップ。

[堀北クラス]
堀北鈴音

[堀北クラス]
綾小路清隆

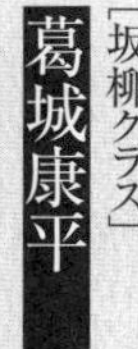

[坂柳クラス]
葛城康平

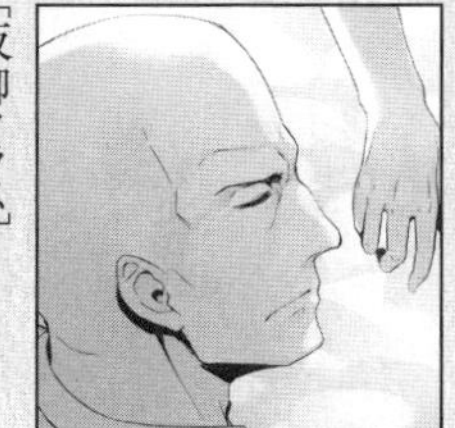

[3年Aクラス]
南雲　雅

[1年Dクラス]
宝泉和臣

[1年Dクラス]
七瀬　翼

[1年Aクラス]

天沢一夏

[3年Bクラス]
鬼龍院楓花

前哨戦となる人材獲得合戦

無人島サバイバル試験に向けての水面下での駆け引き

堀北は綾小路との数学試験での勝負で敗北したため、生徒会に入ることを決めた。南雲は堀北の申し出を受け入れると、夏頃からは下級生と遊んでやると、綾小路に対して暗に宣戦布告をする。

その日、綾小路は軽井沢と部屋デートをしていたところ、またしても天沢が訪問してきた。言葉巧みに部屋へと上がり込むと、綾小路に2000万プライベートポイントの賞金がかけられた特別試験について話し始める。軽井沢にも聞かせることになり、その上で自分は綾小路の敵ではないと告げてきた。この特別試験の期限は2学期が開始するまでと、のちに七瀬から教えられた。

無人島サバイバル試験の概要が発表され、約4週間のグループ作り期間に入った。綾小路の実力を知る者は少しずつ増えており、綾小路はさまざまな勧誘を受ける。最初に接触してきたのは龍園クラスの石崎とアルベルト、椎名の3人だ。熱心に誘われるが、龍園の了承を得ていないらしい。この勧誘は石崎の独断専行だった。

また、以前から綾小路の実力を知る堀北クラスの松下は、グループを組むことを綾小路に打診する。だが、綾小路はそれらの勧誘に応じることはなかった。誰ともグループを組まず、単独で無人島サバイバル試験に挑むつもりだったのだ。

他クラスの動向に目を移すと、坂柳(さかやなぎ)は、一之瀬に両クラスの主力同士でグループを作る提案をしていた。それは一之瀬・龍園・堀北クラスが手を組んで坂柳クラス包囲網を敷くことへの牽制(けんせい)でもあった。Cクラスに転落して後のない一之瀬クラスにとっても渡りに船。お互いの条件を調整した上で契約は成立し、坂柳クラスと一之瀬クラスの共闘が実現した。

mini topic

綾小路に興味を持つ鬼龍院

桐山は無人島で南雲に挑む計画があるといい、その邪魔をせずに静観するよう綾小路に釘を差す。そこを呼び止めたのが鬼龍院であった。鬼龍院は高難度の数学試験で満点を取った綾小路に興味を抱いたという。そして彼女は、南雲にも桐山にも協力せず、単独で特別試験に臨むことを告げる。

特別試験直前の葛城のクラス移動

1年生は各クラスの代表者たちによる激論の末、どうにか4クラスで協力する約束を交わした。しかし、表面上の約束とは別に、それぞれの思惑が交錯する。宝泉(ほうせん)は天沢と七瀬を呼び出し、3人でグループを結成して無人島サバイバル試験の最中に綾小路を退学に追い込む算段をつけていた。

1年Bクラスの八神(やがみ)は、顔なじみの櫛田(くしだ)経由で綾小路に接触し、綾小路に賞金をかけた特別試験の詳細を明らかにする。この特別試験には月城(つきしろ)理事長代理と南雲生徒会長が関与しているという。また、この試験の説明を受けた1年生は、1年Aクラスの高橋と石上、1年Bクラスの八神、1年Cクラスの宇都宮、1年Dクラスの宝泉と七瀬の計6名だった。

その後、綾小路を尾行していた1年Cクラスの椿が接触を図り、そこに宇都宮が合流する。ペナルティ行為でクラスメイトから退学者が出ており、宇都宮はその原因が宝泉にあると疑っているとのこと。宇都宮は、かつて綾小路に近づいたときには退学させる思惑を抱いていたものの、現在は宝泉を退学させることに執念を燃やしている様子であった。

1学期の終業式が迫ったある日、綾小路は石崎経由で龍園から呼び出された。そこには葛城も招かれており、龍園は葛城をBクラスへと勧誘する。クラス移動に必要なポイントは不足していたが、前年の無人島試験の際に締結した契約書を、坂柳に買い取らせて不足分を補うという。当初は渋っていた葛城だが、坂柳への復讐心も手伝って龍園の誘いに乗り、龍園クラスへの移籍

mini topic

池と篠原の恋の行方は？

龍園クラスの小宮のことを調べる綾小路は、石崎と西野と出会う。クラスで孤立している西野のため、グループを探しているという。その際、小宮が特別試験中に篠原に告白するつもりだという情報を得る。小宮は木下、篠原とグループを組むことに決まり、綾小路と堀北は池のモチベーション低下を憂慮するのであった。

を決意する。さらに龍園は、綾小路には試練のカードを売るよう持ちかける。綾小路は50万に加え、龍園クラスの『半減』カードと堀北クラスの『便乗』カードの交換を条件として、取引に応じるのだった。

そして終業式を終えると、いよいよ無人島へ向けて出発する。綾小路や堀北、伊吹、さらに高円寺はグループを組まず単独で特別試験に挑むことに。出発直前、高円寺は堀北に取引を持ちかける。今回の特別試験で好成績を残したら卒業まで完全な自由を約束しろ、と。堀北は1位ならば納得すると言い、1位を取れなかったら次の特別試験でも成果を出すよう付帯条件を提示した。圧倒的に不利な条件にもかかわらず、高円寺はこれを了承。今回の特別試験では実力を発揮することを約束するのだった。

月城はこれまで綾小路を退学させるために方途を尽くしてきたものの、高度育成高等学校における自身の立場があまり長くないことを悟っていた。生徒たちが出発に向けての準備を進める中、七瀬に対してアクションを起こすよう発破をかける。出発前から波乱含みの無人島サバイバル試験が、いよいよ開幕する。

7月 風雲急を告げる『無人島サバイバル』

3巻

7月下旬、高度育成高校の生徒たちは、クルーズ客船で無人島へと向かった。船内では今回の特別試験についてのルールが説明され、この試験用のポイントを消費してそれぞれ備品を揃えることに。2週間という長丁場のサバイバル生活をしながら課題をこなし、綾小路は自分を退学に追い込もうとする1年生や、さらには月城理事長代理の動向にも警戒しなければならない。そしてクルーズ客船が無人島に着岸すると同時に、かつてない規模の特別試験の幕が切って落とされた。

要点 Main points

下位5組には退学のペナルティが課せられる本試験の概要をまとめた。

日程

7月19日	グラウンドに集合し、バスで出発。港より客船に乗り込み移動。
7月20日	特別試験開始。試験の説明、及び物資の受け渡しなど。
8月3日	特別試験終了。順位の発表を船内にて行い、それに合わせて報酬を支給。※8月のプライベートポイントは無人島試験の結果を適用後支給する。
8月4日	船上クルージングで終日自由行動。
8月11日	港に到着。学校へと戻り解散。

Rule グループ作り

◆最大6人までの大グループを組める。

◆7月16日金曜日いっぱいまでの約4週間の間、2年生には好きな相手を2人まで選び大グループの元である最大3人の小グループを作る権利が与えられる。

※1年生は4人まで、3年生は2年生と同じく3人までの小グループが作れる。

◆グループは1人のままでも成立する。

◆組むメンバーは同学年の生徒からしか選ぶことが出来ない。1年生や3年生とはグループを組めない。

◆男女混合の場合3分の2以上を女子が占める必要がある。可能なグループの組み合わせパターンは左記の7パターン。

『男子1人』『男子2人』『男子3人』
『女子1人』『女子2人』『女子3人』
『男子1人、女子2人』

◆一度グループが確定した後は如何なる理由があろうとも他のグループへと移動することは出来ない。

◆特別試験が始まると、小グループ同士で組むことが出来る。ただし、4人以上の大グループでは女子の割合が5割以上を占めている必要がある。

報酬

1位のグループ

300クラスポイント
100万プライベートポイント
1プロテクトポイント

2位のグループ

200クラスポイント
50万プライベートポイント

3位のグループ

100クラスポイント
25万プライベートポイント

※上位3グループが得るクラスポイントは下位3グループの学年から移動される。クラスポイントは人数に関係なくクラス数で均等に分配される（四捨五入）。

※上位と下位グループが同学年同士の場合、最下位グループに含まれたクラスは100、下位から2番目は66、下位から3番目は33クラスポイントを上位に支払う。

上位50%（1位～3位含む）に入賞したグループ

5万プライベートポイント

上位70%（1位～3位含む）に入賞したグループ

1万プライベートポイント

下位5グループ

退学のペナルティを受ける。ただし、600万プライベートポイントを支払うことで救済される。

※ペナルティのポイントはグループの人数で均等に割られる。

※試験が始まってからはプライベートポイントの貸し借りは出来ないため、乗船前に必要な救済ポイントを所持していることが必要。

※4クラス混合グループが下位の場合、支払うクラスポイントが最下位75、2番目50、3番目25に減る。

Rule カード概要とルール

◆基本カード、特殊カード共に同一学年でトレードが可能。
◆クラス内でのトレードは不可であり、一度所有者を変更させると再トレードは不可能。
◆同じカードを複数使っても効果が倍増しない。

カード一覧

基本カード

先行……試験開始時に無人島限定で使えるポイントが1・5倍される。
追加……所有者の得るプライベートポイント報酬を2倍にする。
半減……ペナルティ時に支払うプライベートポイントを半減させる。このカードを所持する生徒のみ反映される。
便乗……試験開始時に指定したグループのプライベートポイント報酬の半分を追加で得る。指定したグループと自身が合流した場合効果は消滅する。

保険……試験中に体調不良で失格した際、所有者は一日だけ回復の猶予を得る。不正による失格などは無効とする。

特殊カード

増員……このカードを所有する生徒は7人目としてグループに存在できる。本試験開始後から効力が発揮され、男女の割合にも左右されない。
無効……ペナルティ時に支払うプライベートポイントを0にする。このカードを所持する生徒のみ反映される。
試練……特別試験のクラスポイント報酬を1・5倍にする権利を得る。ただし上位30％のグループに入れなかった場合グループはペナルティを受ける。また増加分の報酬は学校側が補填するものとする。

※生徒全員に試験用ポイントが5000配られる。無人島生活で必要な物はこのポイントで得る。

風雲急を告げる『無人島サバイバル』

七瀬の真意不明な同行と負傷リタイアの2人

　クルーズ船内で特別試験のルールが説明されたあと、月城理事長代理は生徒同士の小競り合いをある程度は容認する方針を口にした。事前に話を聞かされていなかった他の教師たちは慌てるが、月城は発言を撤回せず、生徒たちは今回の特別試験がさらに過酷なものになったことを実感する。

　試験開始当初、綾小路は体力を温存しつつ様子見に徹する。すると、再三にわたって七瀬（ななせ）と遭遇。七瀬は、指定エリアが同じテーブルの可能性があり、天沢（あまさわ）と宝泉（ほうせん）が単独行動を始めたとの理由から、綾小路との同行を志願する。メリットのない行動に訝（いぶか）しむ綾小路は、七瀬の真意を測るためにその申し出を受けることに。その日の夕方、須藤（すどう）と池（いけ）、本堂（ほんどう）のグループと落ち合うと、5人でキャンプを設営。そんな中、七瀬は親身になって池の悩みに向き合っていた。

　一度別れた須藤グループと再び合流して迎えた明け方、かすかに緊急アラート音が聞こえてきた。須藤たちと協力して発生源を探ると、倒れている小宮（こみや）と木下（きのした）を発見。2人とも左足に重傷を負っているようだった。意識を取り戻した小宮によると、遅れを取り戻すために早朝に出発し、休憩中に木下と一緒に斜面を覗き込んでいたところ、ふくらはぎに衝撃が走って崖下に転落したらしい。綾小路は、2人のいた場所の近くに第三者の痕跡を確認していた……。

綾小路と池は、小宮たちのグループの一員である篠原を捜索する。そして篠原は、何者かが小宮たちを崖から突き落としたと証言する。崖下に残っていた七瀬は、森の中から気配を発する何者かに気づいて追跡する。だが、その人物の特徴的な髪色と髪型を視認するだけで、取り逃がしてしまうのだった。ほどなくして茶柱と坂上が、医療班と共に駆けつける。怪我の状態から小宮と木下はリタイア。篠原の証言は、証拠不十分として取り合ってもらえない。篠原は残りの試験日数を単独で過ごさなければならず、しかも彼女がリタイアすればグループ全体が失格となり、3人は退学になる危険性が高い。小宮は搬送される前に池に篠原を託し、池も意を決して篠原に手を差し伸べる。綾小路は、篠原を救うためのプランを実行に移すのであった。

綾小路、龍園、坂柳の同学年での共闘

スタート地点に向かう途中、綾小路は葛

mini topic

不意打ちのキス

試験3日目の夕方、綾小路は須藤グループと合流をし、二度目のキャンプを設営した。そこで軽井沢、島崎、福山のグループと遭遇。綾小路は軽井沢を森の中へと誘い、頼んでいたことを確認する。軽井沢は綾小路に七瀬が同行していることに嫉妬していたが、綾小路の不意打ちのキスで懐柔されるのだった。

城と龍園に遭遇する。小宮と木下がリタイアした経緯を告げると、龍園は即座に状況を悟り、篠原救済のプランがあるかどうかを尋ねてくる。龍園・葛城ペアがどれだけ好成績を収めようとも、龍園クラスから2人も退学者が出てはマイナスが上回ってしまう。篠原救済の点で利害が一致し、綾小路と龍園は手を組むことになった。

　高円寺と綱引き勝負をした後にスタート地点に戻った綾小路は、七瀬が課題に参加している間に、砂浜にいる坂柳に接触する。そこでグループの合流について、ある頼み事をすると、綾小路の思惑を察知した坂柳はこれを了承。これまで争ってきた2年生の全クラスが、一時的にせよ水面下で手を組むことになったのである。また、月城の動向に目を光らせていた真嶋が、月城が自由に島内を動き回る時間があると、綾小路に忠告してきた。

　GPSサーチが解禁された6日目。宝泉を除く1年生各クラスの代表者は、事前に予定していた場所に集結していた。高橋が席を外した間に、八神は椿から綾小路を退

mini topic

茶柱に頼んだこと

　綾小路や須藤たちが、負傷した小宮と木下に付き添っていると、1年生グループが接近してくる。篠原が前日に見かけたという証言に合致する男女比構成の4人グループで、そのうち綾小路と面識があるのは椿だけ。なお、その直後に小宮と木下を救助に来た茶柱に、綾小路は調べてほしいことがあると耳打ちする。

学に追い込む策を聞こうとする。だが八神を怪しむ椿は宇都宮に八神を拘束させ、櫛田のことを聞き出すのであった……。

試験7日目に、それまで綾小路の決定に従っていた七瀬が初めて異を唱え、天候の悪い中で山越えルートを主張。人気のない場所へと誘導し、綾小路を強襲し戦闘を仕掛ける。自分は松雄栄一郎の幼馴染であり、仇討ちのために月城の手引きで入学した経緯を話して聞かせた。

だがその裏で、綾小路が七瀬に暴力を振るう瞬間を櫛田が物陰から動画で撮影しようとしていた。櫛田の弱みを握った八神が、それを証拠として退学に追い込む作戦だった。ところが、天沢が櫛田の邪魔をして、綾小路の下へは向かわせないように阻止する。七瀬の実力は綾小路に遠く及ばず、綾小路は七瀬の攻撃をすべて回避して心を折ることで諦めさせるのだった。

それと前後して、腕時計が故障してGPS機能が作動しなくなった一之瀬は、スタート地点を目指していた。だが、途中で月城と司馬が密談している現場に出くわし、脅迫されてしまう。各人の思惑が絡み合い、特別試験は後半戦を迎える。

Story Guidance vol.04

7月～8月 綾小路退学を巡る攻防戦

4巻

七瀬の襲撃を退けた綾小路は、2人が敵対し合う明白な理由がないことを説き、七瀬と和解に至った。だが、直後に天沢が姿を現し、自分がホワイトルーム生であることを明かす。会話の内容から彼女の素性については信じるものの、なぜ正体を明かしたのか綾小路は納得がいかない。そして7日目、大雨で試験は中止となり、代わりに最終日のポイントが2倍になることが発表された。これにより、ラストスパートに向けて、各陣営の動きが活発になっていく。

・物語の注目キャラクター

多くの人物の思惑を交錯する無人島サバイバル試験。
気になるキャラクターたちを見てみよう。

［1年Dクラス担任］
司馬克典

［理事長代理］
月城常成

［龍園クラス］
龍園 翔

［坂柳クラス］
坂柳有栖

［1年Cクラス］
椿 桜子

［一之瀬クラス］
白波千尋

［堀北クラス］
高円寺六助

［一之瀬クラス］
一之瀬帆波

綾小路退学を巡る攻防戦

綾小路包囲網と
坂柳の知略

綾小路と別れた七瀬は、宝泉と合流した。するとそこに1年Cクラスの片桐がトランシーバーを持って来訪し、宝泉は宇都宮や椿と話す。椿は1年生の下位グループを窮地から救済するための作戦を立案し、そのためには宝泉の協力が不可欠と説く。上級生の単独グループを5つリタイアさせて、1年生グループの退学を防ぐことが目的であり、その最初の標的として白羽の矢が立ったのが、賞金首でもある綾小路であった。1年生の腕に覚えのある者たちで綾小路包囲網を形成し、宝泉と1対1の状況を作るので仕留めてくれ、と。椿が退学覚悟で首謀者に名乗り出てくれたので、宝泉はこの策に乗る。椿は、包囲網のグループが突破されることも想定し、策を立てていた。

10日目の夜中、綾小路は迷子になっていた白波を保護し、彼女と同じグループの竹本と小橋の下へと送り届けた。このとき綾小路は、竹本が所持していたトランシーバーで坂柳と通信。月城と南雲による懸賞金についての情報を開示し、月城対策に集中するため1年生への対処を依頼する。坂柳は「貸し」として了承した。

トランシーバーを用いて複数のグループに指示を飛ばす戦略は3年生も活用していた。高円寺の活躍を問題視する桐山は、複数グループを駆使して高円寺を阻害。行く先々で課題を独占し、ポイントを稼がせない戦略を採ったのである。

しかし、高円寺は再三にわたる3年生たちの実力行使を歯牙にもかけず、桐山や三木谷では高円寺の快進撃を止めることができなかった。

ランキング情報が閉鎖された13日目。ついに、椿の指示で綾小路包囲網が始動した。だが、坂柳の指示を受けた2年生グループが1年生グループを各個に捕捉する。一旦は椿の目論見通りに、綾小路と宝泉の1対1の状況になったかと思いきや、そこに姿を現したのは龍園であった。坂柳と『約束』を交わした龍園は、傭兵として彼女の指揮下に入っていたのである。

綾小路を逃がした龍園は宝泉と対峙するも、圧倒的な戦闘力の前に防戦一方になってしまう。だが、腕時計を破壊してGPSサーチに引っかからないようにし待機していた石崎とアルベルトが、宝泉を拘束。龍園は宝泉をノックアウトした。

その後、龍園は葛城にグループの後事を託し、宝泉とともにリタイアするのだった。

mini topic

綾小路に迫っていた謎の人物

小宮と木下が転落した現場で第三者の足跡を確認していた綾小路。天沢が接触してきた後、雨で消えてしまう前に天沢の足跡を確認した。すると、天沢よりわずかに大きいサイズの足跡も見て取れた。天沢が声をかけてくる直前まで、綾小路と七瀬が戦った現場には誰か別の人物がいた、との推論が成り立つ。

最終日に張り巡らされた月城理事長代理の罠

試験最終日、綾小路は一之瀬から呼び止められ、Ｉ２の場所で月城と司馬が罠を仕掛けていることを知らされる。綾小路は、一之瀬を巻き込まないように試験に戻るように説得する。そんな中、一之瀬は自分からあふれた思いを告げるのだった。

綾小路はトランシーバーで坂柳に協力を要請した後、月城と司馬が罠を仕掛けているポイントに向かうが、その道中で南雲が待ち構えていた。南雲を説き伏せるのは難しいと判断した綾小路は、南雲の鳩尾に不意の一撃を食らわせて気絶させる。以降、3年生は南雲の指示を仰げなくなり、試験最終日に失速する要因となる。

一方で堀北は、何者かにもたらされたメモが気がかりで、綾小路を心配してＩ２へと向かう。途中で伊吹が絡んできて同行することになったところ、２人の前に天沢が立ち塞がる。堀北単独では敵わず、その場で伊吹とグループを結成し、どちらかが再起不能になったら離脱してグループのリタイアを防ぐ共闘体制を構築。即席コンビで息が合わないながらも、どうにか2人がか

りで天沢を倒す。だが、どうやら天沢はそれ以前に一戦を繰り広げていたらしく既に満身創痍だった。一定時間の足止めができたと判断し、天沢は素直に道を空けた。

　I2では月城と司馬が待ち構えていた。2人がかりで綾小路を戦闘不能にして、退学に追い込もうとする。だが、そこに鬼龍院が乱入。綾小路対月城、鬼龍院対司馬の、一進一退の攻防が続く。すると、I2で2年生の生徒が倒れていると坂柳から虚偽の報告を受け、真嶋と茶柱が医療班と共に船で現場に急行。月城の特別試験への介入が露見し、月城の目論見は失敗に終わる。

　試験終了後、クルーズ客船内で坂柳と龍園は『約束』を確認していた。また、坂柳は今回の綾小路への助力を「貸し」として、いずれ真剣勝負をすることを望む。試験の結果、下位に沈んだ3年生の5グループ15名は南雲から救済されることなく退学することが決定した。そして、総合1位に輝いた高円寺はプロテクトポイントを獲得し、なおかつ堀北との約束で卒業まで自由に振る舞う免罪符を手に入れたのである。

mini topic

綾小路包囲網を指揮した椿

　綾小路が賞金首となった特別試験に対し、宇都宮は当初は難色を示して傍観を提案していた。そんな宇都宮を椿が説得して仲間に引き入れた経緯がある。椿は1学期最初の特別試験で綾小路とペアを組み、試験を放棄することで共倒れを狙っていたと言う。椿が退学を厭わない理由は、果たして……？

解答 Answer

2週間に亘(わた)って行われた特別試験。高円寺が1位になり堀北クラスは300クラスポイントを得た。だが、堀北との約束で、高円寺は卒業までの完全な自由を手に入れる。今後は高円寺の協力は期待できない。

Rule 無人島特別試験ルール

無人島特別試験概要

◆全グループで2週間、得点を集め競い合うサバイバル試験。

◆期間中、リタイアによりグループ全員が離脱した場合はその時点でグループは失格。

※集めた得点は全て無効となり、その時点で順位が確定する。

◆島は、横にA～J、縦に1～10が振られており、全部で100マスのエリアに分けられている。

得点の集め方

【基本移動から得る方法】

◆日に4回指定エリアが告知される（初日と最終日は3回でランダム指定は無し）。ゴール時間は、午前7時～9時、午前9時～11時、午後1時～3時、午後3時～5時。

◆指定エリアは法則があり、1日3回は前後左右2マス斜め1マスの範囲内に限定。1日1回はランダムに指定され、どの地点が指定エリアになるかは分からない（ランダムな指定が2度続けて起こることはない）。

◆指定エリア内に辿り着いたグループ順に1位が10点、2位が5点、3位が3点得る。
※着順報酬はグループ内全員が指定エリアに辿り着いた時点の記録が参照される
◆各時間内に指定エリアに辿り着くと到着ボーナスとして全員に1点が与えられる。
◆指定エリア告知の段階で既に到着していた場合1人1点を得るが、着順報酬は無効。
◆3回連続で指定エリア到着をスルーするとペナルティ。回数に応じ得点が引かれる(ただし1度でもスルーを止めると累積値は0に戻る)。

Rule 腕時計に関する概要

◆腕時計を通じ24時間学校側に健康状態を管理されている。
◆破損などの異常が検知されると得点の入手が不可能になるためチェックが必要となる。
◆使用者の健康異常については、アラートで知らせる。警告アラートは無視できるが、緊急アラートが鳴った場合はスタート地点へ行くこと（24時間以内に到着しない場合リタイアのおそれ有り)。
◆腕時計には12通りのテーブルが存在し、テーブル毎に指定エリアの順序が異なる。
◆緊急アラートが鳴って止めずに5分経つと医療班らが現地に急行する（心拍の停止や血圧の急低下などの際は直ちに救助に向かう)。

課題に関する概要

◆課題は午前7時から随時出現し午後5時で終了する（試験初日は午前10時から出現し、最終日は午後3時で終了する）。

◆課題は3種類に分類されており、同じ内容のものも何度か出題される（学力4割、身体能力3割、その他3割）。

◆課題出現時間は予測が出来ない。実施状況を知るには現地に足を運ぶ必要がある。

◆上位入賞者は得点や食料、グループ人数の最大上限を上げる報酬などが与えられる。

綾小路の移動ルート
1日目～4日目
5日目～9日目
10日目～最終日

Rule タブレットに関する概要

◆全生徒に支給される小型タブレット。
◆無人島の地図を閲覧でき、指定エリアや自身の現在地がリアルタイムで確認できる。
◆課題の位置や詳細な報酬などを閲覧することが出来る。
◆試験4日目から12日終了まで上位、下位10組の得点が確認できる（上位10組下位10組と自身のグループに限り総得点の内訳も閲覧可能）。
◆6日目以降全生徒の現在地を閲覧可能になるGPSサーチ機能が解禁される（ただしサーチする度に1得点を消費する）。
◆試験に全体影響する問題が起こった際など学校側からメッセージが届く場合がある。
◆バッテリー不足になった際はスタート地点や特定の場所で充電可能（本試験で使用する地図アプリを連続使用した場合、駆動時間約8時間）。

主な課題

F8／須藤グループ　1位

『クイズ』

複数のジャンルから1つの課題が選ばれ出題される。参加条件はグループ単位。12組までが参加できる。報酬は1位が8点、2位が4点、3位が2点。

J6／七瀬 翼　1位

『ビーチフラッグス』

単独参加による男子8人女子8人の募集。同一グループからは1人しか参加できない。報酬は1位のみで6点と選べる景品。参加賞として500㎖の水が1本貰える。

H5／綾小路清隆　1位

『歴史』

参加人数は8組。全20問の4択問題。報酬は1位が5点と食糧。

C5／高円寺六助　勝利

『**綱引き**』
1対1による綱引き。出現時間は40分と短く、更に参加人数が男女別に2人まで。参加するだけで5点貰える上、勝てば追加で10点与えられる。

D9／女子・小野寺かや乃　男子・高円寺六助　1位

『**オープンウォータースイミング**』
スタート地点からゴール地点までの約2㎞を泳ぐ競技。1位は20点。

E3／堂道　1位

『**英語**』

〜救済措置〜

『**競争**』
到着した順番がそのまま評価となる。1番の生徒には2リットルの水と3点。2番の生徒が1・5リットルと2点。そして4番から30番までに辿り着いた生徒には500㎖。3番の生徒が1リットルと1点。

グループ順位

第一位	第二位	第三位	下位グループ
327点	325点	261点	
2年Dクラス高円寺六助(こうえんじろくすけ) 300クラスポイント 100万プライベートポイント 1プロテクトポイント	3年Aクラス南雲雅(なぐもみやび)グループ 200クラスポイント 50万プライベートポイント	2年Aクラス坂柳有栖(さかやなぎありす)グループ 100クラスポイント 25万プライベートポイント	3年Dクラス武藤(むとう) 3年Dクラス川上(かわかみ) 3年Cクラス勝俣(かつまた) 3年Cクラス東雲(しののめ) 3年Bクラス三木谷(みきたに) 下位グループの全15名が退学

▶Story Guidance vol.4.5

高度育成高等学校の夏休み

クルーズ客船での夏休み

無人島での特別試験が終了し、生徒たちは豪華客船での夏休みを満喫していた。だが、無人島での2週間は生徒たちに大きな禍根を残していた。

試験最終盤、綾小路に気絶させられて1位を逃した南雲は、3年生を総動員して綾小路への監視を開始する。鬼龍院によると、試験中の出来事が南雲を本気にさせたらしい。南雲の作り上げるルールに従うことにした桐山も、なにがあったか話せと綾小路に迫る。

一之瀬クラスの生徒との女子会に参加した出来事の後、綾小路は試験中に受けた告白に返事をするために一之瀬を呼び出した。だが、そこに南雲が姿を現す。南雲は自身の情報網を駆使し、それまで周囲に秘密にしていた綾小路と軽井沢の恋人関係を突き止めており、一之瀬に暴露してしまう。さ

らに綾小路に対し、土下座をすれば相手になってやると耳打ちする。失意の一之瀬は、綾小路の前から走り去ってしまう。正攻法ではない南雲のやり方に、綾小路は厄介さを感じていた。

龍園は小宮と木下を負傷させた犯人捜しを開始。綾小路以外の第一発見者に見張りを立てていた。そのうちの一人、船内でも不可解な行動をしていた七瀬に詰め寄る。なぜ1年Cクラスの倉地を見張っているのか、と。実は七瀬は試験7日目に、天沢が自分たちの前から去った直後、綾小路には内緒でGPSサーチ機能を使用し、周囲に櫛田と倉地がいたことを確認していた。そのことは伏せたまま、七瀬は龍園の指示でやむなく倉地に直接話を聞くことになる。

初めはシラを切っていた倉地だが、宝泉の名を出されると畏縮し、綾小路を襲ったら金をやると宇都宮から唆されていたことを白状した。倉地から話を聞き出した七瀬は、宇都宮が何かを知っているかもしれないとだけ龍園に教える。また、宇都宮から話を聞き出す役を任せて欲しいと龍園相手

mini topic

小宮のお見舞い

綾小路は、池と共に小宮のお見舞いに行く。すると医務室には先客がいた。龍園をはじめとする小宮のクラスメイトたちが談笑していたのだ。これまでの龍園クラスではあり得なかったような光景。また、龍園たちが去ったあと、池は篠原に告白して付き合うことになったことを、小宮に打ち明けるのだった。

に臆さず交渉する。

　一方、船内で開催された宝探しゲームの最中、綾小路とペアを組んだ佐藤は、クラスに迷惑をかけないようになりたいと語る。池も一念発起して勉強に力を入れる決意をし、佐倉もイメージチェンジする覚悟を固めていた。誰もが今回の特別試験を通じて、変わろうとしていた。

ホワイトルーム生の思惑

　堀北は、天沢のことと、さらには試験最終日に自分のテントの中にメモを差し入れた人物の正体を探っていた。協力者にしようと伊吹を呼び出すと、綾小路に対する認識に齟齬があることに気づく。伊吹と情報を擦り合わせるうちに、堀北は昨年の屋上での件を知ることになる。

　メモは天沢によって破られてしまったが、堀北は綺麗な筆跡に着目していた。そのため、学校側に直訴して宝探しゲームの運営に携わり、不正防止の名目で参加者が学年別の名簿に名前を記入する仕組みを導入し、より多くの生徒の筆跡を確認していた。だが、記憶に残る筆跡に合致するものは見当たらない。

　そこで堀北は、利用に予約が必要なプライベートプールを訪れる。そして、予約表に記入された氏名の筆跡も確認することに。すると、堀北の後からやってきた1年Aクラスの石上京の筆跡が、記憶の筆跡と似ていた。石上のことを気にする堀北。そんな彼女に、石上のことを知っているような口ぶりをする神崎は、石上にはこれ以上かかわるなと警告をする。

　その頃、天沢は八神(やがみ)から呼び出されていた。なぜ試験中に櫛田と倉地の妨害をして自分の計画を邪魔したのか、と同じホワイトルーム生として詰問される。だが八神は、彼女の言動から静観を貫くことが分かり、また試験最終日に司馬(しば)からすでに制裁を受けたことを考慮し、見逃すことにしたという。そして、これまでは月城(つきしろ)が邪魔だったから堀北にメモを渡して動かそうとするなど回りくどいやり方をしてきたが、これからはホワイトルーム生だとバレることを気にせず、綾小路を狙うと宣言する。

　バカンスも終わりに迫った深夜、綾小路は茶柱(ちゃばしら)とコンサートホールで密会する。茶柱が次の特別試験について触れ、自分のクラスについて質問した後、綾小路がピアノを演奏。それが終わると月城が姿を現す。月城は、本日付けで理事長代理を解任され、坂柳理事長の復職が決まったことを告げる。これにより綾小路にとっての障害は減るのだが、月城は「『また』お会いしましょう」と、左手で握手を交わして去っていった。

mini topic

反龍園派には与しない葛城

　龍園はクラスメイトを押さえつけなくなり、龍園クラスの雰囲気は好転しつつある。だが、以前から反感を抱いていた者たちは、葛城を抱き込んで龍園に反旗を翻したいようだ。そのことで、時任と葛城が揉めていた。だが、葛城は首を縦に振らない。椎名は綾小路を同席させ、葛城の本心を吐き出させるのだった。

1学期〜夏休みの注目点

Focus on the first term-Summer Vacation

Check Point

「綾小路vs1年生」を軸に 2年生同士が手を結ぶ展開に

新入生が入学して間もない時期、1年生各クラスの代表者が南雲生徒会長に招集され、月城理事長代理から特別試験が課された。それは2学期開始までに綾小路を退学させれば2000万プライベートポイントを与えるというもの。1年生たちには特別試験と説明されたが、実際は学校非公認の課題であり、1年Aクラスの高橋と石上、1年Bクラスの八神、1年Cクラスの宇都宮と椿、1年Dクラスの宝泉と七瀬しかこの課題の存在を知らない。さらに綾小路篤臣からホワイトルーム生も送り込まれており、1学期は「綾小路vs1年生」の対立構図で進行。そして裏の特別試験を知る者たちは、早々に綾小路への接触を図る。

抗争のハイライトは無人島特別試験であり、1年生たちは綾小路包囲網を形成する。綾小路は、2年生各クラスの利害を調整し協力態勢を構築。2年生を指揮する坂柳と、1年生を指揮する椿によって二手三手先を読み合う戦略性の高い頭脳戦が繰り広げられる。とりわけ2年生側は、龍園が坂柳の指揮下に入るという、1年生時にはあり得なかった展開になる点も見所である。

Check Point

月城の罠に飛び込む綾小路を手助けする鬼龍院

パートナー筆記試験の数学で満点を取った綾小路に興味を持ったという鬼龍院。無人島特別試験では、3年生きっての実力者が綾小路の窮地を救うために姿を現す。月城と司馬、綾小路と鬼龍院の戦いとなり、お互いに背中を預け合う姿となった。

夏休み終了時のクラスポイント

9月『満場一致特別試験』

2学期が開始して早々、体育祭と文化祭の開催が告げられた。文化祭は高度育成高校にとって初めての試みとなる。詳細が発表されると、堀北はクラスメイトに催し物のアイデアを募集した。いずれも決め手を欠く中、佐藤たちが特別棟を借り切ってプレゼンしたメイド喫茶の案は、堀北も内々でGOサインを出すほど好感触だった。その矢先、2年生だけに特別試験が実施されることが発表される。試験開催日は、発表日の翌日。それが、11年ぶりの開催となる満場一致特別試験である。

5巻

要点　Main points

茶柱(ちゃばしら)が学生の時に経験した満場一致特別試験に、綾小路(あやのこうじ)たちが挑む。クラス一丸となれば簡単な特別試験だが……。

Rule 満場一致特別試験ルール

Rule 1 学校側が出題する課題に対し、クラスメイト全員で用意された選択肢に投票する（出題される課題は全部で5問・選択肢は最大4つ）。

Rule 2 いずれかの選択先が満場一致にならない限り、同じ課題が繰り返される。

Rule 3 課題の途中で時間切れとなった場合、その課題の進行具合は問わず一切承認されない。

Rule 4 満場一致でクリアとなった課題は特別試験の成否にかかわらず実際に承認される。

Rule 5 出題される全課題をクリアするとクラスポイントが50得られる。

Rule 6 5時間以内に全課題をクリアできなかった場合はクラスポイントを300失う。

特別試験の流れ

①課題が出題され1回目の投票（60秒以内）を行う。
②満場一致であれば次の課題へ進み①へ。不一致であれば③に進む。
③10分間のインターバル。（この間は教室内に限り自由に移動、話し合いが出来る）
④60秒の投票タイム。（話し合いが出来ず、投票することしか出来ない）（60秒以内に投票が終わらなかった生徒は累積ペナルティを受ける）（累積ペナルティが90秒を超過してしまった場合、その段階で退学処分を受ける）
⑤投票結果が発表され、満場一致の場合は次の課題へ進み①へ。満場一致に至らなかった場合は③へ戻る。
これを繰り返し、5問の課題を終了させた時点で特別試験はクリア。

『満場一致特別試験』

櫛田の思惑と堀北・綾小路の櫛田対策

満場一致特別試験では、櫛田(くしだ)の推薦もあり、堀北がリーダーとなって話し合いを主導することが決まった。その日、堀北は綾小路と特別試験に向けて事前の打ち合わせをする。2人の間ではどんな課題であっても、最初は綾小路が1に、堀北が2に投票するとの取り決めが交わされた。これは望まないかたちで満場一致が成立してしまうハプニングを防ぐためであり、また堀北が全員の意見を聞くための時間を設けるための措置であった。その後、綾小路は堀北には内密で、平田(ひらた)と軽井沢(かるいざわ)を招集する。特別試験中に堀北を陰ながらサポートすることを依頼し、2人にしか分からない方法で指示を出すサインを伝えた。さらに平田には、残り時間が少なくなってきた状況では強引な手段に出ることもあると釘を刺し、1年生時のクラス内投票のような不測の事態も起こり得ることを覚悟させるのだった。

試験当日、堀北の指示の下、順調に課題をクリアしていき、その過程で堀北にプロテクトポイントが付与された。そして迎えた5つ目の課題は、クラスポイントを得ると引き換えにクラスメイトの退学というシビアな内容。第1回の投票結果は賛成2票。賛成票への不信感を払拭するために、堀北は綾小路との事前の取り決めを公表するも、綾小路はこの課題に関しては最初から反対に投じていたと告白。つまり、明確な意思を持って賛成票を投じる者が2人いることが示されたのだ。その1人は高円寺であったが、堀北はプライベートポイントを交渉材料に取引し、高円寺に翻意させることに成功する。残る1人は櫛田であった。是が非でも堀北と綾小路を退学させたい櫛田にとって、この特別試験はまたとないチャンスである。櫛田は身を潜めて賛成に投じ続け、クラス全体が妥協して賛成での満場一致に傾く機会を虎視眈々と狙っていた。疑心暗鬼の不穏な空気が教室を支配していく。

　同じ頃、一之瀬クラスも5つ目の課題で紛糾していた。クラスの誰かを犠牲にしてでも貪欲にポイントを求めAクラスを目指す姿勢が重要ではないか。そう神崎が一石を投じたが、一之瀬を信奉するクラスメイトには響かず……。結局、神崎が折れ、反対票で満場一致となり試験を終えた。

　龍園クラスでは、時任が龍園に対して反旗を翻した。龍園と時任のどちらが退学になるか、決選投票に持ち込まれそうな雰囲気に流れかけたものの、すべては龍園の掌

mini topic

軽井沢のカミングアウト

　綾小路と軽井沢は付き合っていることをオープンにすると決め、2学期最初の日に登校途中で綾小路から須藤に表明する。さらに特別試験の前日にはクラス全員の前で軽井沢が「清隆」呼びをして恋人関係を開示した。意外な組み合わせにクラス全体が困惑する中、綾小路に想いを寄せる佐倉はショックを受けてしまう。

の上での出来事。時任は孤立してしまうが、葛城が救いの手を差し伸べ、退学者を出すことなく試験終了を迎える。また、坂柳クラスは坂柳の指示に従い、滞りなく特別試験を終わらせていた。

退学を決意した櫛田の暴走

膠着状態が続く堀北クラスでは、タイムリミットが迫ったため綾小路が動く。反対での満場一致は難しいので、賛成票で満場一致を狙うことを提起。ついに退学者を出す戦いへと移行した。

試験前に八神から入れ知恵され、不退転の決意でこの特別試験に臨んでいた櫛田は、この試験を主導したリーダーの堀北と、賛成に投票するよう促した綾小路が責任を取るべきと提唱する。この櫛田の一手により、賛成を入れ続けた人物こそ断罪されるべきという大前提に基づいたクラスの連帯にブレが生じた。

そこで綾小路は、賛成に投じ続けていたのは櫛田であると糾弾する。かつてのクラス内投票で自分が標的とされたことを引き

合いに出し、さらに自分と櫛田のプライベートポイントの取引も明らかにする。櫛田の本性が、ついに白日のもとに晒されるのだった。開き直った櫛田は自白し、クラスメイトの秘密まで暴露し始める。

それでも堀北は、櫛田には特筆すべき長所があるので守るべきと強硬に主張した。では、誰を退学させるのか……。堀北の意図を察知した綾小路は、最大限公平に退学者を決めるためにＯＡＡを参照する方法を提示。クラスに不要な人物として、佐倉の名を挙げる……。

これには同じ綾小路グループの長谷部が猛反対する。だが、佐倉は自分の想い人から宣告されたことで、かえって自分の置かれた状況を受け入れることができ、自分に投票するようクラス全体に呼びかけるのだった。残り時間10分を切った最後の投票で、堀北クラスは佐倉を退学させることで満場一致。規定時間ギリギリで試験をクリアすることができた。これにより堀北クラスは100クラスポイントの上積みを得た。だが、クラスメイトを１人失ったのである。

mini topic

坂柳理事長の復職

特別試験の前日、綾小路のもとに坂柳理事長から電話がかかってくる。２学期の行事は自分の復帰前に決められたので動かせないが、最大限の協力をするとのこと。また、体育祭に来賓を招くことが決定しているので、綾小路篤臣がなにかを仕掛けてくる可能性を考慮し、当日は欠席することを勧めてくるのであった。

解答 Answer

退学者を出してクラスポイントを得た堀北クラス。彼女たちが、どのような課題にどのような選択をしたのかまとめてみた。

堀北クラスの結果

課題①／結果　Bクラス

3学期に行われる学年末試験でどのクラスと対決するかを選択せよ（クラス階級の変動があった場合でも、今回の選択が優先される）。

選択肢

Aクラス（100）
Bクラス（50）
Dクラス（0）

※（）内の数字は対戦時に勝利することで得られる追加クラスポイント。

課題②／結果　北海道

11月下旬予定の修学旅行に望む旅行先を選択せよ。

選択肢

北海道
京都
沖縄

課題③／結果　1名を選び付与で堀北が選ばれる。

毎月クラスポイントに応じて支給されるプライベートポイントが0になる代わりにクラス内のランダムな生徒3名にプロテクトポイントを与える。

あるいは支給されるプライベートポイントが半分になり任意の1名にプロテクトポイントを与える。

そのどちらも希望しない場合、次回筆記試

験の成績下位5名のプライベートポイントが0になる。
※どの選択肢が選ばれても、プライベートポイント没収期間は半年間続く。

課題④／結果　ペナルティの増加

2学期末筆記試験において、以下の選択したルールがクラスに適用される。

選択肢
難易度上昇
ペナルティの増加
報酬の減少

課題⑤／結果　賛成を選び、佐倉愛里が退学

クラスメイトが1人退学になる代わりに、クラスポイント100を得る（賛成が満場一致になった場合、退学になる生徒の特定、及び投票を行う）。

選択肢
賛成
反対

▼各クラスの結果

クラスメイト1人を退学する代わりにクラスポイントを得ることに賛成か反対を投票する課題⑤。結束力の強い一之瀬クラスでは、クラスの状況に危機を覚えた神崎が、退学者を出してでもクラスポイントを得ることを主張。だが、最後には諦め、反対で満場一致。龍園クラスでも、龍園に反旗を翻した時任により、時間はかかったが、反対で一致。クラスポイントで独走状態にある坂柳クラスは、退学者を出してまでクラスポイントを得る必要がなく、反対の一致で4クラス中最速で特別試験を終えた。

Story Guidance vol.06

9月～10月 絆を強めて迎える体育祭

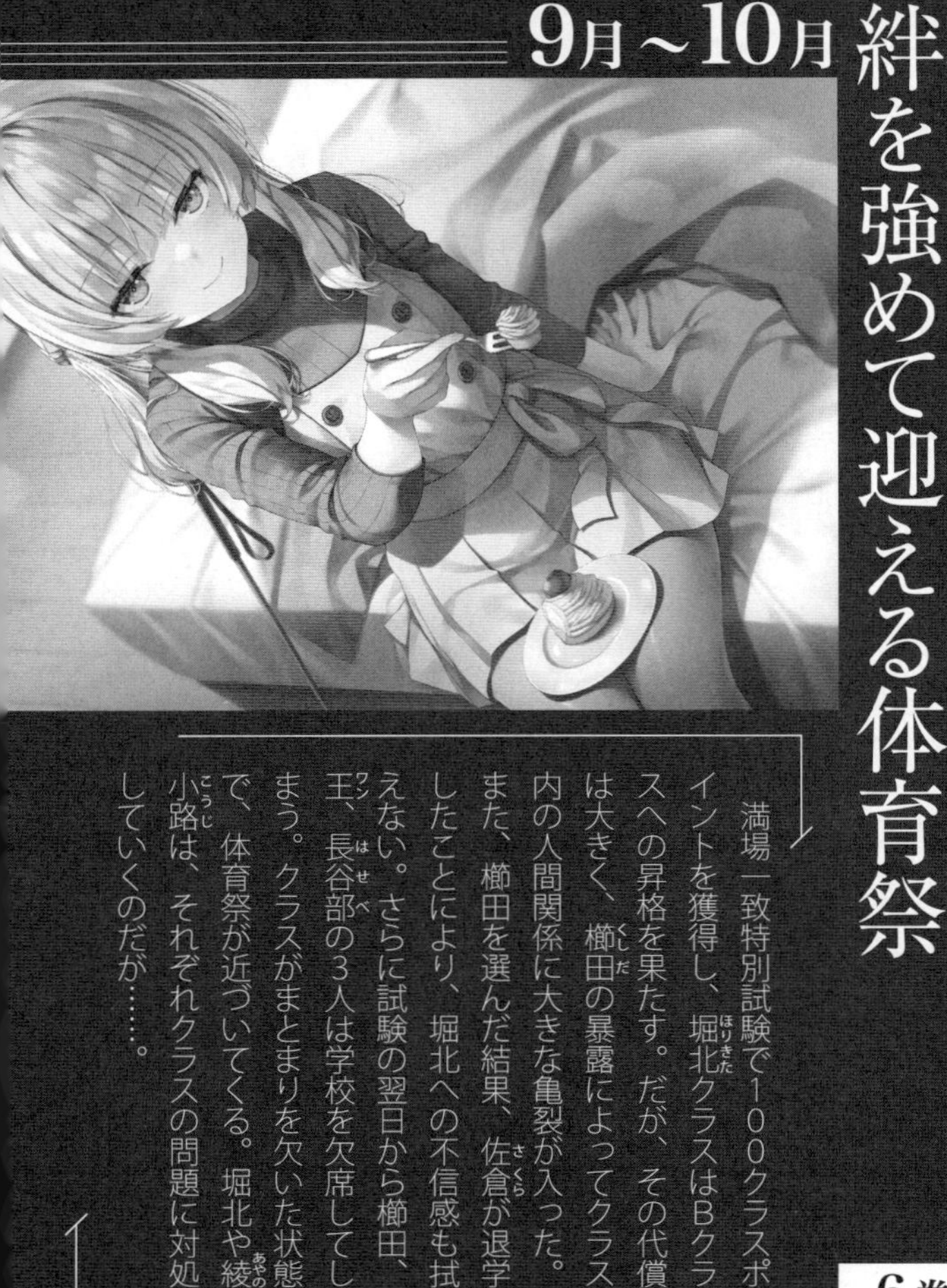

満場一致特別試験で100クラスポイントを獲得し、堀北クラスはBクラスへの昇格を果たす。だが、その代償は大きく、櫛田の暴露によってクラス内の人間関係に大きな亀裂が入った。また、櫛田を選んだ結果、佐倉が退学したことにより、堀北への不信感も拭えない。さらに試験の翌日から櫛田、王、長谷部の3人は学校を欠席してしまう。クラスがまとまりを欠いた状態で、体育祭が近づいてくる。堀北や綾小路は、それぞれクラスの問題に対処していくのだが……。

6巻

要点 Main points

堀北クラスは、満場一致特別試験でクラス内に多くの問題を抱えてしまった。しかし、今回の体育祭は様々な点で1年時と違いがあるため、クラスの問題を解決しつつも、体育祭への準備は怠れない。

Rule 体育祭の概要及びルール

概要

様々な種目からなる、全学年参加型のスポーツの祭典。
開催時刻・午前9時から午後4時まで（正午から午後1時までは休憩時間とする）。
生徒たちは自由に選択した種目に参加し持ち点を獲得、総合得点をクラス単位で競う。

Rule 1
生徒1人につき持ち点5がスタート時に与えられる。

Rule 2
体育祭に参加する生徒は異なる競技5種目の参加が必要。

Rule 3
各種目への参加賞として持ち点1が与えられる。

Rule 4
入賞者には、種目内容に応じて追加で持ち点が与えられる。

Rule 5
6種目以降は持ち点1を支払う度に参加可能（参加賞の1点は入手できない）。

Rule 6
参加出来る種目は1人につき最大10種目まで。

Rule 7
参加競技数が5種目未満で体育祭を終了した場合、獲得した持ち点は全て没収される。

Rule 8
エントリー済みの競技にやむを得ない理由を除いての不参加や棄権は2点を失う。

Rule 9
参加する競技を終えた生徒は定められた幾つかの指定エリアで応援すること。

報酬

クラス別順位報酬

♛1位　150クラスポイント
2位　50クラスポイント
3位　0クラスポイント
4位　マイナス150クラスポイント

個人戦報酬（学年、男女別）

♛1位　200万プライベートポイント、
もしくはクラス移動チケット
（限定的）
2位　100万プライベートポイント
3位　50万プライベートポイント

男女それぞれ1位になった生徒は、200万プライベートポイント、もしくはクラス移動チケットのどちらかを選べる。

▼クラス移動チケット（限定的）

権利を行使できるのは2学期のうちだけ。つまり3学期が始まるまでに行使しない場合は無効となる。限定的とは使用期間のことを意味する。

▼競技の参加方法

競技へ参加は、専用アプリでの予約が必要となる。参加する競技を選ぶ先着方式で、体育祭本番2日前までは予約できる。誰がどの種目、どの時間帯の枠をおさえたかリアルタイムで反映されるため、不利だと判断したらキャンセルが可能。キャンセルは3回まで。なお、体育祭当日も枠が残っていれば、エントリーすることができ、当日に公開される競技も存在する。

絆を強めて迎える体育祭

不登校の3人を復帰させるための奔走

堀北クラスが直面する種々の問題を解決するため、平田は軽井沢を交えて綾小路に相談する機会を設けた。その席で綾小路は、クラスの将来を考えるなら、相談事はまずリーダーである堀北に持っていくプロセスを経ることの重要性を説く。須藤もまた綾小路に相談し、陰口を暴露された篠原と池の関係をケアしたいと志願する。

櫛田、王、長谷部が5日連続で欠席した日、堀北は櫛田の心を動かす突破口を模索していた。そこで堀北は、体育祭の個人競技での直接対決を餌に伊吹を巻き込む。伊吹の強引な手段で部屋に上がり込むと、不登校を貫くつもりだった櫛田を説得。自分の力を自分のために使えばいいと納得させ、お互いに頬をつねりあって和解した。

平田への恋心をバラされた王は、意を決して綾小路に助力を求めた。綾小路は耳触りのいい言葉だけでなく、クラスに迷惑をかけている点も指摘。平田が自責の念にかられていることを伝えると、王は登校を約束する。なお、王の帰宅後、天沢が綾小路の部屋を訪れて室内を物色し、別のホワイトルーム生の暴走を警戒するよう伝えた。

三宅経由で長谷部が登校する旨が伝えられ、週明けには不登校だった3人が出席。軽井沢や松下らと篠原の確執も池が彼氏の役割を果たして和解させ、長谷部とは遺恨があるもののクラスはようやく体育祭への準備に取りかかれる態勢になったのである。

堀北は改めてリーダーとしてクラスを勝利に導くために、ある戦略を実行に移す。それは、龍園クラスとの協力である。堀北が綾小路をカラオケルームへ連れ出すと、そこに葛城と龍園も姿を現す。堀北は、龍園に対して一歩も引かない交渉をし、葛城を活かすことで綾小路を警戒する龍園との約束を取り付けた。綾小路は、堀北と龍園が協力し合うまたとない機会だからと前置きし、ある『別件』を提案。龍園もこれを承知するのだった。

須藤と小野寺の活躍で 堀北クラスが躍進

体育祭当日、綾小路は南雲との勝負の提案に乗っていたが学校を病欠する。坂柳理事長へは提案に応じると伝え、娘の有栖がホワイトルーム生との争いに巻き込まれないよう注意を促す。これは坂柳を体育祭に参加させないための策であったが、坂柳は好奇心から罠に乗り、学校を休んで綾小路

mini topic

佐倉の残したもの

満場一致特別試験で退学が決まった佐倉は、試験終了から退学手続きまでのわずかな時間に5000プライベートポイントを利用した形跡があった。学校側はグレーであると考えていたが、限られた時間の中で佐倉が自ら導き出した答えであり、綾小路はその意志を尊重し、自分がポイントを引き受けると茶柱に願い出る。

の部屋を訪れた。2人だけの時間を過ごしていると、玄関のチャイムが鳴る。以前、深夜に電話で綾小路の名を呼んだ人物が扉越しに忠告をしてきたのだ。さらに、自分は中立であるとも伝えてくる。坂柳はこの人物の声に聞き覚えがある様子だった。

　体育祭では、堀北クラスと龍園クラスが躍進していた。その原動力は須藤と小野寺であり、出場したほとんどの競技で1位を獲得する活躍を見せた。ペアで挑んだテニスでは宝泉のラフプレーに苦戦するも、小野寺が須藤にアンガーマネジメントを伝授し、そのおかげで須藤は冷静さを保ち勝利する。勢いに乗る須藤と小野寺は、最終的に個人成績で男子と女子の1位を獲得することになる。堀北も伊吹との個人競技での勝負をしながら順調にポイントを稼ぎ、バレーボールでは伊吹や櫛田と即席でチームを組み、七瀬と天沢のいる1年生チームを倒して1位となった。

　龍園は石崎を使ってAクラス主力の競技へのエントリーを妨害したり、身体能力の高い1年生を対戦相手として用意したり、相変わらず反則スレスレの手段を駆使してライバルにポイントを稼がせない。

　最終結果は堀北クラスが学年で首位となり、司令塔を欠いた坂柳クラスは最下位に沈んだ。そのため、両クラスの差はこの体育祭だけで300ポイントも縮まったのである。綾小路は堀北を中心としたクラスの成長を認め、いずれはクラスを離れ、自分が敵となって堀北を倒す決意を胸に秘めていた。また、体育祭では大人しかった長谷部は、クラスへの復讐を誓うのであった。

解答 Answer

堀北クラスは、須藤や小野寺の活躍もあり好成績を収めることができた。一方でリーダーを欠いた坂柳クラスは、150クラスポイントを失ってしまう。体育祭のクラス順位や、主要な競技の結果を振り返る。

▼堀北クラスと龍園クラスの連携

坂柳クラスを倒すために堀北クラスは、龍園クラスと協力することにした。体育祭は全学年での競い合いと学年別両方の側面を持つ。団体戦に勝てば参加者全員が等しく得点を重ねられるルールを最大限に利用するための協力関係だ。龍園クラスを選んだのは、信頼できる一之瀬クラスよりも、身体能力に優れた生徒が多いからだ。

主な競技

100メートル走／個人戦
第1レース目に堀北と伊吹が出場。
堀北の勝利。

障害物競走／個人戦
1位　堀北

綱引き／団体戦
堀北が出場して3位入賞。

走り幅跳び／個人戦
堀北と伊吹が出場。
堀北の記録は、5メートル79センチ。
伊吹の記録は、5メートル81センチ。

卓球／ダブルス

平均台／個人戦

堀北が出場。伊吹は出場予定だったが、
エントリーに間に合わず不出場。

シャトルラン／個人戦

バレー／団体戦

全学年参加型の男女別競技。
6人でチームを組んで出場する。
1位　堀北、伊吹、櫛田、六角（ろっかく）、福山（ふくやま）、
姫野（ひめの）のチーム。
2位　七瀬と天沢たちのチーム。

テニス／男女混合ダブルス

4ポイント1ゲーム、
2ゲーム先取の3ゲームマッチ。
須藤&小野寺VS宝泉&1年女子は、
須藤&小野寺が勝利。

結果と報酬

個人戦

♛男子1位　**須藤**
♛女子1位　**小野寺**
須藤も小野寺も200万プライベートポイントを選択。

クラス順位

♛1位　**堀北クラス**
150クラスポイント
2位　**龍園クラス**
50クラスポイント
3位　**一之瀬クラス**
0クラスポイント
4位　**坂柳クラス**
マイナス150クラスポイント

Story Guidance vol.07

11月 陰謀と策略が渦巻く文化祭

2学期の中間試験では須藤(すどう)が11位に入り、誰もがその結果に刺激を受けた。そして中間試験が終わり、高度育成高校にとって初めてとなる文化祭が近づく。堀北(ほりきた)や綾小路(あやのこうじ)は情報漏洩に細心の注意を払って準備を進めていたが、出店場所が決まった段階で、龍園(りゅうえん)が裏切って協力関係を一方的に破棄。堀北クラスの出し物がメイド喫茶であると全校に知らされてしまった。また、長谷部(はせべ)と三宅(みやけ)がクラスへの復讐(ふくしゅう)を企んでいる節もあり、内憂外患の状態で文化祭を迎えることに……。

7巻

要点 Main points

高度育成高等学校で初めて開催する文化祭。文化祭の準備に使えるポイントが支給され、ポイント内で客を集める出し物を決める。全学年で売り上げで順位を競い、上位にはクラスポイントが配付される。

Rule 文化祭概要

◆2年生には各クラスに文化祭の準備のみで使用できるプライベートポイントが生徒1人に対し5000ポイント与えられ、その範囲内で自由に活用することが認められる（1年生は5500ポイント、3年生は4500ポイントの初期費用）。

◆生徒会奉仕などの社会貢献、部活動での活躍による貢献などで追加資金が与えられる（詳細は確定後改めてクラス毎に発表する）。

◆初期費用と追加資金は最終売上に反映されないため、未使用の場合は没収となる。

◆1位から4位のクラスにはクラスポイント100が与えられる。
5位から8位のクラスにはクラスポイント50が与えられる。
9位から12位のクラスはクラスポイントに変動はなし。

▼追加資金

活動に応じて追加資金が与えられる。堀北クラスは、須藤と小野寺の部活動活躍と、堀北が生徒会役員のため、それぞれ10000ポイントが支給。各クラスの総合ボーナスポイントは、堀北クラス、39400ポイント。龍園クラス、17000。一之瀬クラス、26600ポイント。坂柳クラス、18800ポイントだ。

陰謀と策略が渦巻く文化祭

堀北クラスと龍園クラス
出し物での対決ムード

すでにAクラスでの卒業を確定的にして余裕のある3年Aクラスは、文化祭前に迷路お化け屋敷を生徒向けにプレオープンした。そこで綾小路は神崎と会い、一之瀬クラスが崩壊に向かっていると感じる。後日、神崎を姫野と引き合わせ、変わる必要があるのは一之瀬ではなくクラスの意識であると諭すと、神崎と姫野は本心をぶつけ合う。そして2人は、一之瀬クラスの現状を変えるための仲間となるのであった。

綾小路はプレオープンで負傷した朝比奈を保健室に連れて行くと、彼女との会話から心境に変化が訪れる。それまで興味がなかった南雲に関心を抱くようになり、彼に勝負を持ちかけたのだ。南雲は綾小路の話を精査した上で、あえて口車に乗ることを決める。

その一方で、南雲は自分の悪評を広めている人物がいることを不快に思い、犯人捜しを開始する。そんな折、生徒会の議事録で八神の筆跡を見た堀北は、無人島サバイバルの最終日にメモを差し入れてきた人物は八神ではないかとの疑念を持つ。疑っていると悟られないよう話を誤魔化しつつ、南雲宛の匿名のラブレターを八神に託した。その八神に対し、櫛田は自分の過去を吹聴しないよう釘を刺す。だが、自分では八神を止められないことも自覚していた。

文化祭当日、多くの学校関係者が来賓として招かれていたものの、事前に懸念された綾小路篤臣や月城からの妨害工作はなかった。そう安堵した矢先、何者かが作業中の綾小路に二つ折りの白い紙を手渡してくる。そこには電話番号と共に、迎えに来た、との旨が書かれていた。だが、どうするかの選択肢が当人に委ねられているところに、綾小路は違和感を抱く。

龍園クラスの出店する和装カフェは、堀北クラスのメイドカフェとの対決姿勢を前面に押し出すチラシを配布し、それに対して綾小路も同様の内容のチラシを撒く。期せずして来校者の多くは、両クラスの対決の行方に注目することになる。

mini topic

綾小路が確認したルール

綾小路は特別棟へと向かう途中、真嶋が別の教師と談話している場面に遭遇する。そこで綾小路は、ルールに明記されていない特殊ケースについて相談を持ち掛けた。そして、教師の協力を仰ぐには1時間10万プライベートポイントが必要という、文化祭用に用意された裏ルールを確認するのであった。

長谷部への説得と八神の退学

大盛況のメイド喫茶では櫛田が八面六臂の活躍を見せていたが、天沢に連れ出されてしまう。櫛田が満場一致試験の時に無理やりクラスを巻き込んだ騒動を起こしたのは、誰かに弱みを握られていたから。綾小路は天沢の行動からそう看破する。そして背後に別の人物がいることを指摘すると、天沢を制圧して櫛田の窮地を救う。

　その後、綾小路は出し物に不参加の長谷部と三宅に接触する。文化祭を見届けたあと、退学してクラスポイントに痛手を与え復讐するというのが長谷部の狙いであった。綾小路が持参した段ボールを開けさせると、そこにはメイド服が入っていた。佐倉が満場一致試験後のわずかな時間に綾小路宛に発送手続きをしたもので、長谷部が文化祭に参加しない可能性に気づいていたゆえの措置であった。佐倉を庇護対象と捉えていた長谷部は受け入れないが、そこに櫛田が姿を現す。退学後の佐倉が以前の芸名「雫」名義でSNSを再開し、アイドルを目指して前に向かって歩み始めている姿を見せると、長谷部は号泣し、退学を止めてクラスへの協力を申し出る。

　残り1時間になったところで、綾小路は学校側が文化祭用に用意した裏ルールを利用し、茶柱にメイド服を着させてラストスパートを仕掛ける。同じ頃、堀北は議事録

mini topic

綾小路監視網を逆手に取る

　綾小路が文化祭中に長谷部や櫛田の居場所をすぐさま知り得たのは、南雲の協力を仰いでいたからである。自分に向けられていた監視網を逆手に取ることで、文化祭の最中に起きた出来事にも即座に対処できたのだ。文化祭終了後、綾小路は南雲に電話を掛けて、協力してくれたことに感謝を述べた。

を確認するために生徒会室へと向かってい
た。そこに八神が姿を現す。八神を見張っ
ていた伊吹が脅威を感じ八神を拘束すると、
噂の出所を追っていた南雲、さらには小宮
と木下を襲撃した人物を追う龍園と当事者
たちや教師の真嶋と坂上が生徒会室にやっ
て来る。綾小路が偽装ラブレターに仕掛け
た罠に嵌まった八神は、これまでの悪事を
自白。暴走して伊吹や真嶋に暴力を振るう
が、そこに天沢や来賓のホワイトルーム関
係者が駆けつけると戦意喪失し、大人しく
連行されていった。

文化祭終了後、長谷部と三宅は全員に謝
罪する。堀北クラスは売上1位を記録し龍
園クラスの結果は2位となった。その場で
堀北は、実は龍園と結託しており、メイド
喫茶の情報が事前にリークされたのは両ク
ラスの対決ムードを演出するための戦略だ
ったと白状する。体育祭の前にカラオケル
ームで綾小路が提案した『別件』とは、こ
のことであった。

手紙一通で八神を退学に追い込んだ綾小
路は、放課後に椿と落ち合うと、裏から支
援していた人物の存在を知らされる。かつ
て扉越しに忠告してきたあの男であった。

解答 Answer

堀北クラスは、メイド喫茶を開く。店長を任された綾小路の企画や戦略が功を奏し、見事1位に輝いた。

▼売上

学校の運営に関わっている者たちとその家族が招待される。ケヤキモールやコンビニなどで普段働く者たちも客として参加する。30代、40代が割合として多く、20歳未満、50代と続いている。来賓する成人には一人当たり10000ポイント。未成年には5000ポイントが支給される。成人が283名、未成年が202名。参加総人数は全部で485名となり、その総額は384000ポイントとなる

▼出店コスト

メイド喫茶を出した特別棟は、階数や階段からの距離で出店するためのポイントが異なる。3階は10000〜13000ポイント、1階一律50000ポイントだ。堀北クラスは客が来やすく、他の出し物に邪魔されない1階を選ぶ。

▼店長・綾小路の事前準備

店長を任された綾小路は、外村秀雄（そとむらひでお）などから情報を集めていた。結果、店内の清潔感の大事さ、エロティシズムを押し出し過ぎないことなどを学んだ。さらに、販売戦略としてチェキ撮影を導入し、売上に貢献する。なお、外村からの提案で、チェキに特化したカメラを使うことに。

Rule 結果と報酬

♛1位　2年B（堀北）クラス
プラス100クラスポイント

2位　2年C（龍園）クラス
プラス100クラスポイント

3位　3年Bクラス
プラス100クラスポイント

4位　2年A（坂柳）クラス
プラス100クラスポイント

5位　1年Aクラス
プラス50クラスポイント

6位　3年Cクラス
プラス50クラスポイント

7位　2年D（一之瀬）クラス
プラス50クラスポイント

8位　1年Cクラス　**プラス50クラスポイント**

9位・3年Dクラス　**0クラスポイント**

10位・1年Bクラス　**0クラスポイント**

11位・3年A（南雲）クラス　**0クラスポイント**

12位・1年Dクラス　**0クラスポイント**

クラスポイントの推移

	Horikita	Ryuen	Ichinose	Sakayanagi
クラス	堀北クラス	龍園クラス	一之瀬クラス	坂柳クラス
変動前	866ポイント	640ポイント	625ポイント	1101ポイント
増減	+100ポイント	+100ポイント	+50ポイント	+100ポイント
変動後	966ポイント	740ポイント	675ポイント	1201ポイント

文化祭の魅力

月城理事長代理の発案により初めて開催された文化祭。堀北クラスや龍園クラス、南雲率いる３年Ａクラスの出し物の魅力を紹介。

＼堀北クラス主催／

メイド喫茶

店長を任された綾小路は、この手の文化に明るい生徒たちから教えを受けた。おかげで、チェキ撮影、エロティシズムを押し出し過ぎない制服などが採用。さらに茶柱にメイド衣装を着せて話題をさらった。

＼龍園クラス主催／

和装カフェ

和装をコンセプトとしたカフェ。和菓子やお茶を提供。さらに龍園の好み（？）により、店員の衣装にはこだわった様子。龍園との勝負に負けて衣装を着た伊吹や椎名など、普段とは違う姿が魅力的だ。

＼3年Aクラス主催／

お化け屋敷

体育館を貸し切ってお化け屋敷。3年Aクラスは事前にプレオープンし、クオリティアップを目指す。中は迷路になっており、光源を絞り、装飾品で雰囲気を演出する。朝比奈たちが演じるお化けは迫力満点。

11月 呉越同舟の修学旅行

8巻

佐倉が退学して以来、危機感を覚えた成績下位陣の底上げもあり、期末試験での堀北クラスの平均点は一之瀬クラスを抜いて学年2位に躍り出た。結果発表後、自分以外の生徒に評価順に番号を振るリスト作成を経て、満場一致試験で決まった北海道への修学旅行の詳細が発表される。この修学旅行は特別試験ではないものの「敵を知り己を知れば百戦危うからず」がテーマという。各クラス男女2名ずつの8人グループを作り、4泊5日の異色の修学旅行が始まる。

要点 Main points

9月の満場一致特別試験の結果を経て、修学旅行先は北海道に決定した。修学旅行では、学校が振り分けたグループでの行動が基本となる。ここでは、綾小路がいるグループメンバーや日程などを紹介する。

▼リストの順位付け

修学旅行の説明の前に、クラスメイトに1から37番まで番号を振ることに。しかも、他クラスの生徒にも、同じことをする。どういう理由で番号を振るかは、個人に任されている。また、他クラスには一切交流のない生徒がいても、必ず番号を振らなければいけない。綾小路(あやのこうじ)は、このリストがグループ分けに影響があると推測した。

Rule 北海道・修学旅行スケジュール

1日目 学校を出発↓羽田(はねだ)空港↓新千歳(しんちとせ)空港↓スキー場到着、講習↓スキー↓旅館へ

2日目 終日自由行動

3日目 札幌(さっぽろ)市中心街にて観光スポット巡り↓旅館へ

4日目 終日自由行動 ※条件有り

5日目 帰路

▼修学旅行のテーマ

茶柱(ちゃばしら)は修学旅行のテーマを「敵を知り己を知れば百戦危うからず」と言った。これは孫子の兵法の有名な言葉だ。「戦う相手の実情を理解し、自分の実力を知る。そう

すれば負けない戦いが出来るようになる」というような意味。このテーマ通り、修学旅行中のグループは学校側が決め、他クラスの生徒と組むことになる。交友関係次第では、話したことのない生徒とグループになることも。学校の特性上、他クラスとの交流は限られてしまっている。今回の修学旅行では、その弊害を取り除き、1人の人間として相手を知るためでもあるのだ。

グループ行動

グループ行動が必要な状況

◆現地において学校が指定する場合
◆自由行動

グループ行動が不要な状況

◆宿泊先施設内

Rule 綾小路グループの修学旅行

グループメンバー

Aクラス　鬼頭隼(きとうはやと)、山村美紀(やまむらみき)
Bクラス　綾小路清隆(あやのこうじきよたか)、櫛田桔梗(くしだききょう)
Cクラス　龍園翔(りゅうえんかける)、西野武子(にしのたけこ)
Dクラス　渡辺紀仁(わたなべのりひと)、網倉麻子(あみくらまこ)

1日目

◆昼
・グループで集合するも龍園と鬼頭は険悪なムード。・スキーでは、龍園と櫛田、綾小路、鬼頭が上級者コースを滑る。綾小路と櫛田は、山村が龍園の動向を見張っていることに気付く。なお、綾小路は初心者だが、滑り始めてすぐに上級者コースを体験していた。

◆夜
・旅館では男子と女子で分かれたそれぞれの部屋へ。・10時、女子たちが男子の部屋に来て、グループでの話し合い。だが、話し合いそっちのけで、龍園と鬼頭は、寝る場所を巡って枕投げで対決。その後、明日以降の自由行動について話し合う。
◆堀北の行動　夜の旅館で堀北は、大浴場で櫛田や一之瀬と恋愛話。

2日目

◆昼
・スキー場に向かう途中、お土産屋が見えたためスキー場周辺を散策。綾小路は、山村に手袋を貸す。・スキー場でスキーを堪能。・スキー場に併設されたレストランで昼食。

◆夜
・19時前、旅館到着。
◆堀北の行動　旅館で須藤から告白され、丁寧に断る。

3日目

◆昼
・学校からの課題で、午後5時までに15箇所の目的地から、どの組み合わせでもいいので6箇所のスポットを巡り、各スポットでグループ全員で記念写真を撮ることに。各スポットには得点が設定されており、6箇所で20点以上取ると、グループ全員3万プライベートポイント得られる。6箇所未満だと、4日目の自由行動が剥奪され、午後4時までの勉強会。・綾小路たちは、観光を優先し、市街地周辺のスポットや動物園など6箇所巡る。20点に及ばなかったが有意義な時間を過ごす。なお、全20グループ中10グループが20点以上を記録。王と宮本が所属している第15グループは失格となり、勉強会を受けることになった。

3日目

◆夜
・ビュッフェ形式の夕食で、綾小路は石崎と西野、アルベルトたちと食事を取る。・食事後、櫛田と龍園が2人で話すのを、隠れて聞く綾小路。・綾小路は堀北と会話。途中、茶柱と星之宮と遭遇する。

4日目（最終日）

◆昼
・綾小路は、多くの生徒が集まった雪合戦に参加。第1試合目　石崎チームと須藤チームが対決。須藤チームが勝利。第2試合目　男女混合チーム同士でワイワイとした試合展開に。第3試合目　綾小路がいる伊吹チームと堀北チームの対決。伊吹チームの勝利。
・雪合戦後、スキーを楽しむ。

◆夜
・綾小路は坂柳に呼び出される。会話中、神崎がやってくる。そして、神崎が、過去に綾小路篤臣と出会っていたこと、1年Aクラスの石上と子どもの頃からの知り合いだということが判明。
・偶然やってきた網倉から、一之瀬が見つからないと聞き、探しに行く。
・一之瀬を見つけた綾小路。クラスのことに悩む一之瀬に寄り添う。

呉越同舟の修学旅行

抗争が始まった坂柳クラスと龍園クラス

修学旅行に出発する前、綾小路は天沢から呼び出された。七瀬も同席の上で、天沢は学校に残る選択をしたことを告げる。綾小路はその決断を支持しつつ、七瀬との会話や過去の出来事を照合し、月城は綾小路を退学させる気がなかったのではないかと勘ぐる。七瀬にはまだ明らかにしていない事実があるのではないかと疑念を強くした。

また、綾小路の部屋を訪れた須藤からは、この修学旅行中に堀北に告白するので見届けてほしいと頼まれる。綾小路は櫛田、龍園、鬼頭、山村たちと同じグループになる。自クラス以外の生徒と組むことには、他クラスとも交流を図ったり情報を集めたりするよう促す意図が学校側にあると推測する。

北海道に到着して初日のスキーでは、山村が上級者コースのリフトに乗っていってしまい、綾小路は櫛田と一緒に後を追う。だが、山村はリフトを間違ったのではなく、龍園を監視・偵察する目的で尾行していた模様。龍園が言うように、学年末試験に向けて龍園クラスと坂柳クラスの前哨戦はすでに始まっていた。

両クラスの緊張関係も影響し、旅行開始以来、龍園と鬼頭はことごとく意見が合わない。初日の夜には枕投げで対決し、2日目にはスキー勝負となる。ヒートアップした2人は、あわや衝突しそうになるが、後を追ってきていた綾小路が間に入って危機を免れる。昨日まで初心者だったのに、わずか1日で上達した綾小路のスキー技術に、櫛田は舌を巻くばかりだった。そんな折、龍園は綾小路を呼び出し、戦略の本命は8億ポイント作戦であることを述べる。そして、坂柳との対決を制したら、次は綾小路を倒す、と宣言する。

龍園と鬼頭はなにかにつけて激しく対立していたが、同グループの西野と山村が他校の生徒から絡まれているのを見ると、共闘。相手を痛めつけ土下座させる。

その夜、須藤は堀北に告白をする。堀北はその申し出には応じないものの、一方的な拒絶ではなく、理由と感謝を述べる断り方であった。須藤にとっては残念な結果となったが、晴れやかな顔をしており、改めて自分自身のために努力を続けていくことを綾小路に明言するのだった。

龍園の駆け引きと受け流す綾小路

3日目のグループ別の市内観光では、課

mini topic

坂柳クラスの葛城への仕掛け

3日目の夕食時、食事会場では葛城が孤立していた。誰かが葛城に話し掛けようとすると、同じグループの坂柳クラスの的場が体よく追い払っているのが原因だった。陰湿な虐めのようにも見て取れるが、すでに坂柳クラスと龍園クラスの抗争は始まっているのだ。結局、龍園が接近すると、的場は退散していった。

題をクリアできる最低限のスポットを押さえつつ、各自の希望を盛り込んでゆっくりと名所を巡る方針に。だが、この網倉の案に龍園が反対し、制限時間内に20点を稼いでプライベートポイントを取りに行くと言い張る。この龍園の態度に鬼頭が激怒して意固地になり、グループの方針をまとめることよりも、龍園に従いたくない気持ちが先立ってしまう。そこで綾小路は、完全に各自が自由に行動し、4日目に勉強会に参加させられる案を提示。さすがにそれは誰もが回避したく、龍園も折れ、網倉の案でまとまるのだった。

夕食後、食事会場を出たところで、櫛田が龍園を呼び止める。櫛田は突っかかるような物言いをやめてほしいと抗議するが、龍園は取り合わない。気づかれないようにしていた綾小路は、姿を現すと、前日同様、櫛田を退学させる意図はない旨を龍園に明らかにする。龍園は、綾小路にその気がないのなら、櫛田の本性を暴くことは堀北クラスに仕掛けるネタになりえないと判断し、櫛田への興味を失う。

mini topic

堀北、櫛田、伊吹の関係性

4日目の朝、旅館の敷地内で雪合戦が開催されることになる。伊吹は堀北に勝負をふっかけ、その際には櫛田にも声を掛けていた。その様子を見た綾小路は、堀北と櫛田の距離感に変化が生じたのは伊吹の影響もあると察知する。なお、雪合戦は最終的に堀北と伊吹の一騎打ちとなり、伊吹が勝利した。

雪合戦やスキーに明け暮れた4日目、綾小路は夜になって坂柳から呼び出しを受ける。坂柳は、体育祭の日に玄関の扉越しに話しかけてきた男について知っているであろう人物を呼び出していた。そこに現れたのは神崎であった。坂柳と神崎は親同士の繋がりがあって以前から面識があり、同様に石上とも旧知の間柄と言う。

神崎は、石上と塾が同じであったために人柄を知っていた。石上は綾小路篤臣を尊敬しており、神崎は石上を天才と評した。坂柳が石上に電話をすると、石上は綾小路を消す可能性は今のところないと明言した。だが、もし綾小路篤臣から命令があれば従う、とも付け加える。今はまだ敵でも味方でもないようだ。

するとそこに、一之瀬と連絡がつかず慌てる網倉がやってくる。手分けして捜すことになり、綾小路は高台のウッドデッキに1人佇む一之瀬を発見する。

一之瀬はクラスリーダーとしての無力さを痛感し、自分を変えてでも変化を求めている心情を吐露した。すると綾小路は彼女を抱き寄せ、2人は雪空の下で肩を寄せ合うのだった。

12月 生徒会の引き継ぎと『協力型総合筆記テスト』

9巻

冬休み直前に特別試験『協力型総合筆記テスト』が行われることになった。学力本位型の特別試験であるが、学力の低いクラスにも勝機がある内容となっている。坂柳クラスと対戦することになった堀北クラスでは、戦略面は堀北に一任して基礎学力の向上を図る。そんな折、綾小路は南雲から呼び出された。内容は次期生徒会長に誰を当選させるか、という勝負の申し込み。南雲は綾小路との勝負に執着する一方、桐山はそれに難色を示す。そして、生徒会長を引き継ぐ時期が迫る……。

要点 Main points

クラス全員で100問のテストを解き、正解によって得た点数で勝負をつける学力メインの内容。そのルールをまとめる。

日程

12月22日……特別試験本番
12月23日……特別試験結果発表、2学期終業式

Rule 協力型総合筆記テスト

概要
クラス全員で全100問のテストを解く。勝利クラスは50クラスポイントを得て、負けたクラスは50クラスポイントを失う。

Rule 1
予め決めた順番で1人ずつ生徒が問題を解いていく。生徒1人につき最大5問を解くことが許されているが、正否にかかわらず最低2問は解かなければならない。

Rule 2
生徒が解いた問題は正否に関係なく、別の生徒が訂正することは出来ない。

Rule 3
各生徒に与えられる持ち時間は入退室の時間を含めて最大10分間とする。

Rule 4
試験に挑戦している生徒以外は別室で待機すること。

Rule 5
次の順番を待つ生徒のみが入口の前に待機すること。

Rule 6
制限時間を過ぎた場合その生徒は失格となり点数は得られない。

Rule 7
問題の解答に関するヒントや答えを書き残す、あるいは口頭で伝えるなどの行為は違反。

Rule 8
違反行為が判明した場合は強制的に試験を打ち切り0点とする。

Rule 9
残り時間に応じて特別ボーナスが加点される。
1時間以上残した場合……10点
30分以上残した場合……5点
10分以上残した場合……2点

Rule 10
全ての問題は難度に関係なく解いた者の実力（左記参照）によって点数が与えられる（解いた者の実力は、12月1日時点のOAA学力に準ずる）。
学力A……1点／学力B……2点
学力C……3点／学力D……4点
学力E……5点

生徒会の引き継ぎと『協力型総合筆記テスト』

鬼龍院を狙った万引き偽装事件

南雲は、次の生徒会長を決めるにあたり、生徒会選挙を行う意向を示した。そして、生徒会にいる一之瀬と堀北に立候補してもらい、どちらが勝つのか賭けようと綾小路に持ちかけてくる。南雲が勝てば綾小路は退学し、綾小路が勝てば南雲は2000万プライベートポイントを譲渡。その条件で両者が合意し、堀北と一之瀬を呼び入れたところ、ほどなくして鬼龍院が生徒会室に入ってくる。桐山を通じて南雲に会うアポイントを取っていたとのことだが、どうやら桐山が時間調整をミスして面会時間が重複してしまったらしい。鬼龍院によると、3年Dクラスの山中が自分を万引き犯に仕立て上げようと画策したのを阻止し、その黒幕が南雲であると突き止め、会いにきたのだ。南雲は身に覚えがないとして、鬼龍院と押し問答になる。

そんな折、一之瀬は生徒会を辞めると申

し出る。その結果、堀北が自動的に次の生徒会長に決まり、南雲と綾小路の勝負は不成立に。そして堀北は、欠員を補充するよう命じられる。苦難をともなう交渉の末に副会長として櫛田を引き入れ、書記として七瀬を抜擢した。

mini topic

櫛田を生徒会に勧誘するが……

　堀北が櫛田を生徒会に勧誘する。だがそこに櫛田の様子を見に天沢が来て櫛田をからかう。人気のない特別棟に場所を移すと、なんと櫛田は堀北に土下座を要求した。堀北の駆け引きを、櫛田は意に介さない。綾小路と天沢を遠ざけて2人だけになると、櫛田は生徒会入りを承諾。その帰り櫛田は満面の笑みを浮かべていた。

　綾小路は鬼龍院からの要請で、犯人捜しをすることになった。また、神崎からも呼び出されて相談を持ちかけられる。姫野が同席することは事前に聞いていたが、待ち合わせ場所には修学旅行で同グループだった渡辺と網倉の姿も。一之瀬から告白を受けたことなど含めて密談していると、浜口も顔を出す。一之瀬を妄信する現状をよく思っていなく、神崎からの協力要請に応じた1人だった。結局、神崎たちは一之瀬の真意を探ってほしいと綾小路に頼み込む。

　綾小路はさっそく一之瀬と会う約束を取り付けるが、軽井沢は2人きりで会うことに難色を示して怒り出す。2人の間に軋轢が生じるも、綾小路はあえて溝が深くなるように突き放した対応をする。

　綾小路は、一之瀬が普段行く場所を一緒

に巡り、網倉の話を挟みつつ生徒会を辞めた理由を聞き出す。それは、Aクラス昇格を諦めないためだった。数日後、生徒会の新体制が発表されると、さっそく龍園が一之瀬クラスを挑発に来るが、既に説明を受けていたクラスメイトは揺らぐことはない。

新生徒会長・堀北の初仕事

　綾小路は鬼龍院に頼まれた犯人捜しのため、朝比奈（あさひな）への接触を試みる。すると朝比奈は、屋上へと続く階段で泣いていた。事情を聞くと、3年Cクラスの須知萌香（すちもえか）が退学したが、学校はその詳細な説明をしてくれないという。朝比奈を落ち着かせてカフェに移動すると、南雲が3年生と結んだ契約や、山中への詰問を妨害した3年Dクラスの安在（あんざい）を鬼龍院が踏みつけていたこと、などを聞く。綾小路は朝比奈に山中を呼び出してもらうが、現れたのは3年Dクラスの立花（たちばな）だった。立花は高圧的な態度だったが、綾小路の追及に窮して逃げ出してしまう。

　綾小路が帰宅すると、扉の前に一之瀬の姿が。綾小路への好意を再認識した一之瀬は、いつか綾小路に振り向いてもらえる人間になると告げるのだった。

　一方、特別試験では問題を解く順番を工夫するなどの戦略が功を奏し、正答率では劣るものの得点で坂柳クラスを上回って勝利した。

　特別試験後、綾小路は生徒会室に呼び出される。鬼龍院が生徒会に訴えを起こしたのである。鬼龍院と南雲の言い分、そして綾小路からの情報を総合し、この事案を裏から糸を引いていたのは桐山ではないかと堀北は推察した。観念した桐山は一部始終を白状する。そもそもは大金を賭けた生徒会選挙を潰すことが目的であった。鬼龍院と一之瀬が対面するよう南雲との面会時間を調整し、万引きを毛嫌いする鬼龍院の言葉から一之瀬が良心の呵責に苛まれ、立候補を辞退して選挙が不成立になる、という計画だ。

だが堀北は、桐山の自白に違和感を覚える。桐山は南雲に諫言するためにこの計画を実行したのでは、と。そこまで看破された桐山は、堀北にかつての堀北学の姿を重ね合わせて見ていた。最終的に新生徒会長の裁決は、桐山に自主的な1週間の停学と鬼龍院への謝罪、南雲には桐山を処分しないこととプライベートポイントを3年生のためだけに使うことを約束させる。

特別試験で龍園クラスに勝利した一之瀬に、綾小路と距離を置くように坂柳が忠告してくる。また、一之瀬と直接対峙した龍園は、覚醒しつつある一之瀬は厄介な存在であると認識を改めるのだった。

mini topic

暗雲垂れ込める綾小路と軽井沢の仲

綾小路が一之瀬と２人きりで出かけて以来、軽井沢は綾小路と険悪になり、その後も間が悪く仲直りする機会を逃していた。終業式後に森からメッセージが届き、綾小路と一之瀬が一緒にジムから出てくる写真が添付されていた。その直後に一之瀬から直接釈明されたものの、軽井沢は疑心暗鬼に陥ってしまう。

解答

Answer

堀北クラスの対戦相手は、学力優秀者の多い坂柳クラスだ。学力に不安のある生徒が多い堀北クラスは、どのように戦ったのか。テストの内容や堀北クラスの戦略などを振り返える。

▼対戦クラス

期末テストのクラス平均点1位と2位、3位と4位のクラスが戦う。

▼テストについて

テストは、中間・期末テストで行われる科目が対象で、難易度も幅広い。高難易度の問題は、通常のテスト以上の難問だ。

▼堀北クラスの戦略

堀北の戦略は、学力Aの幸村を先頭にし、学力の低い生徒と高い生徒を交互に配置した。学力の高い生徒には最低必要数の2問を解かせ、残った時間で問題文を読むことに注力させる。その目的は、次の学力の低い生徒に簡単な問題を解かせるため。教室を出て次の生徒と鉢合わせる際に、ハンドサインで簡単な問題を伝えたのだ。例えば、69問目なら、両手で6本の指を見せた後、再び両手で9本の指を見せる。そうして、正解率を上げたのだ。だが、堀北クラスで最大のネックが、高円寺だ。その対策として堀北は、高円寺の順番を最後にする。98問を埋めておき、2問だけを残しておくことで、高円寺が答えなくても損失は低く、ルールに抵触することはない。

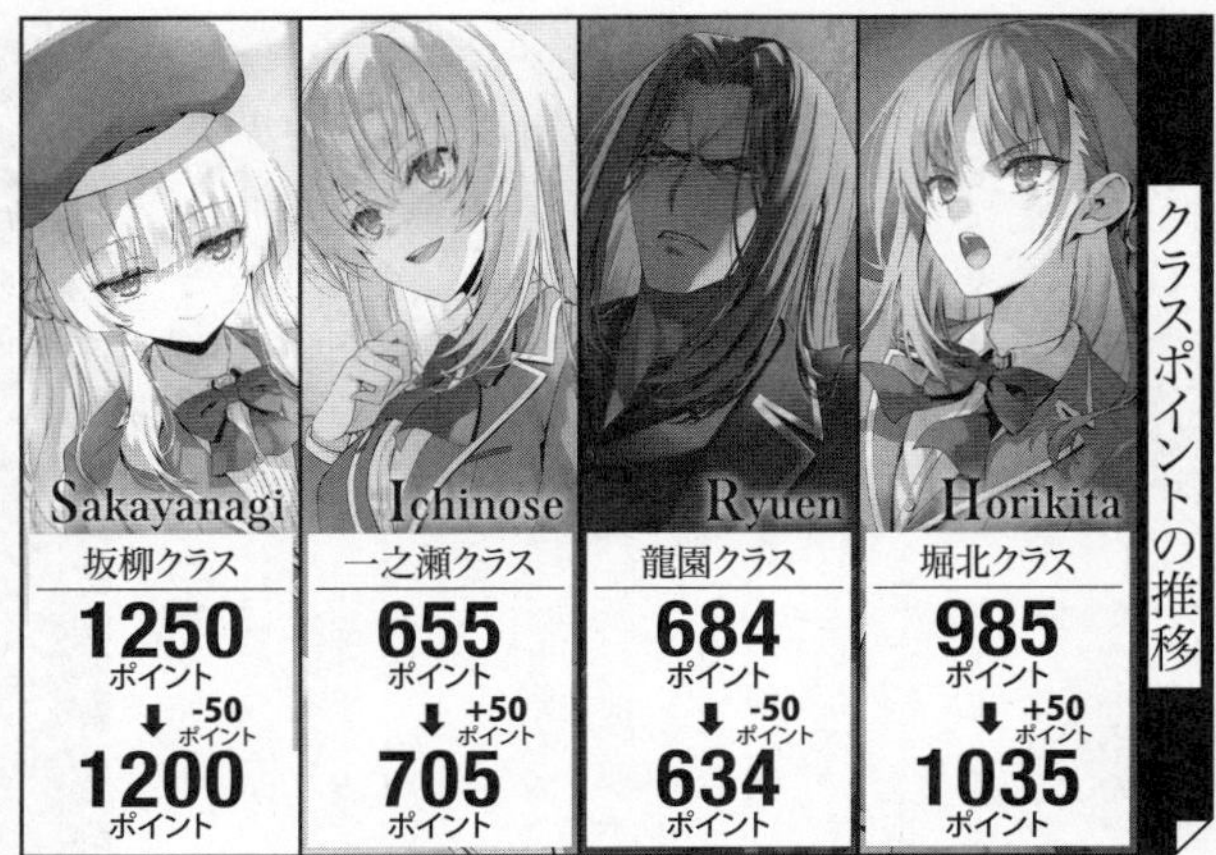

坂柳クラス	一之瀬クラス	龍園クラス	堀北クラス
1250ポイント	655ポイント	684ポイント	985ポイント
↓ -50ポイント	↓ +50ポイント	↓ -50ポイント	↓ +50ポイント
1200ポイント	705ポイント	634ポイント	1035ポイント

Story Guidance vol.9.5

高度育成高等学校の冬休み

9.5巻

徐々に広まりつつある綾小路の真の実力

綾小路は軽井沢と冷戦状態のまま冬休みへと入った。さらに軽井沢がインフルエンザに罹患したので、綾小路はクリスマスを1人で過ごすことに。セール品を目当てに家電量販店に向かうが、並ぶ入口を間違えて購入できず、浮かない顔をしているところに鬼龍院から声をかけられた。留年を検討していたことについて話した後、まだ南雲は勝負を諦めていないことを伝え、次の特別試験への忠告をしてくれる。

その帰り道、ケヤキモールの正面入口にある大型のクリスマスツリーの前では、一之瀬が大勢の生徒と個別に写真を撮っていた。想い出のために、との名目だったが、実は綾小路と写真を撮っても不自然さがないようにする口実であり、誰も見ていないタイミングで腕を回してきて撮影する。

クリスマスが明けて26日、堀北クラスの池、須藤、篠原、松下、森、王、前園、小野寺の8人がカフェに集合していた。招集したのは前園であり、クラスの今後についての重要な話し合いをしたいとの提案であった。オープンな場で話すことに松下は抵抗を感じていたが、前園の進行で話し合いは進む。話題の中心は、綾小路についてであった。特別試験で力を示した綾小路のポテンシャルに、クラスメイトも気づき始めていたのである。以前から綾小路の秘めた力に気づいていた松下や、実力を目の当たりにした須藤とは違い、前園のように満場一致試験での綾小路の言動に脅威を感じた生徒もいたようだ。この話し合いを橋本が盗み聞きしており、満場一致試験における

mini topic

ジムの職員が気になる真嶋

クリスマスイブに手持ち無沙汰になった綾小路は、一之瀬の勧めで入会したジムへと足を運ぶ。すると真嶋がトレーニング中であった。真嶋は週６で通っているという。それだけ自己鍛錬に余念がないのかと思いきや、職員の秋山さんが気になっている模様。そして綾小路に、彼女の個人情報を探るよう頼んでくる。

堀北クラスでの出来事を知られてしまう。綾小路は利害だけで非情な決断ができ、実力は坂柳よりも上。橋本はそう評価した。そして神室と情報を共有し、綾小路に接触する際に協力してほしいと頼む。神室は条件を出し、渋々橋本と手を組むのであった。

その夜、クリスマスケーキを持参した坂柳が綾小路の部屋を訪ねてきた。ケーキを食べ終えた２人は雪の夜道へと散歩に出る。坂柳クラス及び坂柳の評価や、綾小路への見張りなどについて話したあと、別れ際に坂柳は、綾小路を異性として好きになっていると告白するのだった。

綾小路への警戒を高める坂柳クラスの生徒たち

28日、綾小路は龍園に呼び出され、葛城

を含めた3人で次の特別試験について話し合う。お互いの情報をすり合わせると、学校側が意図的に情報をコントロールしている可能性が浮上してきた。

そのままケヤキモール付近を散策して解散すると、綾小路は自販機の陰に山村（やまむら）を発見。すると、別れたはずの龍園が後ろから顔を出す。龍園は自分たちを尾行している者を炙（あぶ）り出すために、綾小路を利用したのだった。坂柳が山村を密偵として重用していることを知り、葛城は驚きを隠せない。山村は龍園から、尾行に失敗したことは伏せておくから坂柳に報告しなくていいと言われ去っていく。綾小路は山村をフォローするために後を追い、龍園に利用されないよう忠告。すると山村は、その場で坂柳へ尾行失敗の報告をした。

mini topic

綾小路の反応を試す坂柳

クリスマスが過ぎた後、綾小路は売れ残りのケーキを求めてケヤキモールに向かう。するとそこで坂柳と真田に遭遇する。坂柳は真田とデート中だと言うが、それは綾小路の反応を確認するための嘘。本当は、真田が吹奏楽部の後輩と付き合うようになり、そのプレゼントの相談に乗っていたようだ。

インフルエンザから復調した軽井沢と綾小路は、29日にデートすることに。初めはギクシャクしていた2人だったが、綾小路が謝罪し、軽井沢が欲しがっていたネックレスをクリスマスプレゼントとして贈ると、軽井沢は人目も憚（はばか）らずに泣き出す。そして、以前にも増して綾小路への依存心を強めていく。なお、なにかとフォローしてくれていた佐藤に軽井沢がメッセージを送っている間、綾小路が自販機の陰を覗くと、やはりそこには山村が潜んでいた。

　年が明けて1月4日、綾小路は図書室で椎名と会う。椎名におすすめの本を見繕ってもらうと、帰り道に彼女が追いかけてくる。そして、ある無名作家の作品を手渡される。それは椎名の父の著作であった。さらに図書室帰りの際には2年Aクラスの森下が声をかけてくる。森下は高円寺や須藤など堀北クラスの生徒を独自に調査しているようだった。

　綾小路は本のお礼に椎名とケヤキモールに出かけるが、神室が橋本との約束通りに接触してくる。すると、そこに橋本と鬼頭が姿を現し、意外な組み合わせの5人で1日行動を共にすることになった。そして橋本は、綾小路をAクラスにヘッドハンティングする。自分が勝ち上がるために優秀な人材を引き抜いてAクラス維持を図りたい、との考えだ。それに対し綾小路は、誘いに乗る様子を見せるのだった。

▶Focus on the second term-Winter Vacation

2学期～冬休みの注目点

綾小路たちにとっての2学期は体育祭、文化祭、修学旅行と学校行事が続く。その状況でもクラスポイントを大幅に伸ばした堀北クラスの動向に注目したい。満場一致特別試験では他クラスが穏便な選択をした中、堀北クラスは揉めに揉めた末に、佐倉が退学した。禍根を残す結果となったが、危機感を抱いた生徒たちが苦境を乗り越えて成長し、その後の行事や特別試験で結果を残した点は特筆に値する。1学期のように高円寺のマンパワーでポイントを獲得したのとは意味が異なり、クラス全員で勝ち取った価値ある成果と言えるだろう。

Check Point

佐倉の退学を機に
目の色が変わる堀北クラス

月城が退いて坂柳理事長が復職し、一部の1年生に課されていた裏の特別試験も期限を超過して自然消滅。残るホワイトルーム生に関しては、綾小路から関与する意思はなかったが、積極的に絡んできた八神の排除に動く。ただ、八神を退学に追い込んだのは綾小路の策略だけではなく、1年生や2年生の中で繰り広げられた事件も作用していた模様。特に石上は椿・宇都宮から佐藤を経由させることで、間接的に綾小路を利用しようとした。

Check Point

退学させたかった相手が
何故か気になる櫛田

満場一致特別試験での綾小路の告発で、櫛田は築き上げてきた信頼を失う。そんな綾小路に、天沢に脅されていたところを救われ、同じグループだった修学旅行でも何度も助けられる。そうしているうちに綾小路を意識するようになる櫛田の心情変化に注目したい。

1月『生存と脱落の特別試験』

10巻

3学期が始まると、冬休み終盤に1年生2人が不純異性交遊で罰せられたことや、翌月には高度育成高校で初となる三者面談が行われることなどが通知された。そして、3学期最初の特別試験である『生存と脱落の特別試験』の概要が発表される。最下位のクラスからは、試験中に脱落者となった生徒のうち1人が退学となるシビアな内容だ。堀北(ほりきた)クラスでは堀北がリーダーになることに前園(まえぞの)が一石を投じるが、他に立候補する者はなく、堀北主導でこの特別試験を戦うことが決定する。

要点 Main points

各クラスがジャンルと難易度を選択し、定められた順番で出題し合う特別試験。ジャンルには一般常識もあり、携帯の使用も可能と、特別試験の中でも珍しい内容になっている。

Rule 『生存と脱落の特別試験』ルール

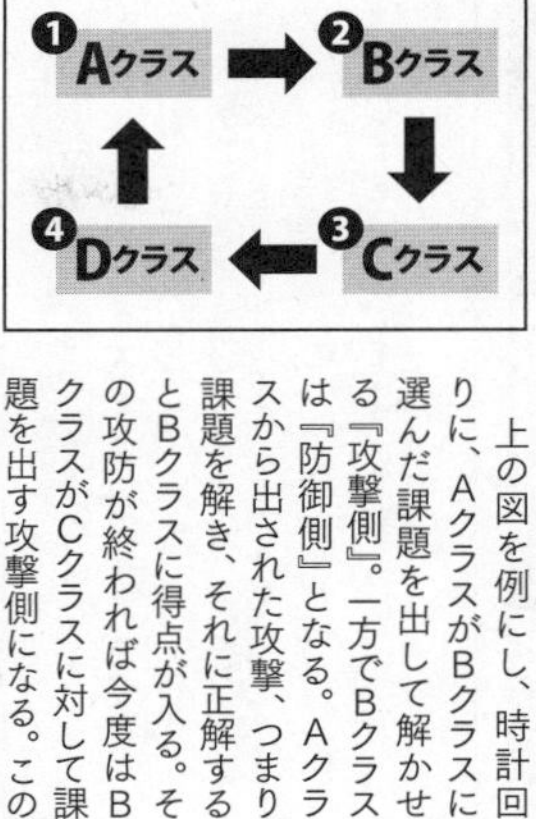

上の図を例にし、時計回りに、AクラスがBクラスに選んだ課題を出して解かせる『攻撃側』。一方でBクラスは『防御側』となる。Aクラスから出された攻撃、つまり課題を解き、それに正解するとBクラスに得点が入る。その攻防が終われば今度はBクラスがCクラスに対して課題を出す攻撃側になる。このように攻撃と防御を、クラスを移行しつつ繰り返していき、1周の終点となるDクラスとAクラスの攻防戦までを行う。ここまでの流れを1ターンとする。

合計で10ターンが終わったところで前半戦は終了。後半戦は反時計回りに矢印を入れ替えて、もう10ターン。前後半合わせて20ターンの攻防戦を繰り返す

❶Aクラス　❷Dクラス　❸Cクラス　❹Bクラス

攻撃側

ジャンルを選択し難易度を選ぶ。課題を与える生徒を指名し攻撃する。

攻撃制限

生徒の連続指名回数に制限はなし。同一ジャンルを連続して選択することも可能。開始後3分以内に対象防御側クラスに在籍する5名を指名し担当官に宣言する。

※時間制限に間に合わない場合は指名出来なかった人数分ランダムに決定される。

出題可能ジャンル一覧

文学　歴史　科学　社会　スポーツ　芸能　音楽　経済　雑学
英語　計算　ニュース　漢字　生活　グルメ　サブカルチャー

難易度

1～3の3段階
（数値が増えるほど高難度となる）
得点を1支払う毎に難易度を1段階上げられる。

対象人数

5名

防御側

リーダーの指名により課題毎に5名をプロテクトできる。攻撃側の指名した5名の中にプロテクトした生徒が存在していた場合その生徒は正解扱いとする。攻撃側の作業終了後3分以内に自クラスに在籍する5名を指名し担当官に宣言する。
※時間制限に間に合わない場合は指名出来なかった人数分ランダムに決定される。

課題の除外

各生徒は全16のジャンルから事前に最大3つ、課題を自由に除外することが出来る。選択された課題を除外している生徒を攻撃側クラスは選べない。

脱落

合計3回不正解となった場合、その生徒は脱落し以後指名の対象にはならない。また脱落者1名につき得点がマイナス1加算される。
※獲得している得点が0点の場合でもマイナスは蓄積される。

得点

課題に正解（もしくはプロテクト成功）した場合1名につき1得点が与えられる。不正解による得点の減少は存在しない。

報酬

1位クラスポイント　100
2位クラスポイント　マイナス50
3位クラスポイント　マイナス50
4位クラスポイント　マイナス100
※最高得点のクラスが複数出た場合は延長戦を行い決着をつける。
※4クラス全て同率得点で試験終了した場合は全クラスポイントマイナス100とする。

『生存と脱落の特別試験』

綾小路との距離を詰める一之瀬の企み

　特別試験の2日前、リーダーとプロテクト者を除く32人が意図的に脱落すれば確実に68点は取れるという戦略を池が思いつく。堀北は対策される理由を述べて却下するも、図らずも他クラスに手を組まれると不利になる点を再認識する。

　綾小路が退学者の問題についてリーダーの心構えを尋ねると、傷口が浅い選択と苦渋の選択があると堀北は答えた。まだ堀北は他クラスのことを捉えきれていないと判断した綾小路は、相手を倒すことと自分を守ることの両方を意識しておく必要があるとアドバイスする。この会話の直後、同じタイミングで同じ発言をし、お互いの意思がリンクした感覚になり、綾小路は意図しない笑みをこぼすのだった。

　特別試験の前日、神崎が渡辺を連れて綾小路の部屋を訪れる。さらに、ほどなくして一之瀬と網倉も合流することに。試験について話して全員が出ていったあと、一之瀬が携帯を忘れたと言って引き返してくる。綾小路と2人きりになる瞬間を作るための方便だ。一之瀬は綾小路に身を寄せて密着すると、抱きついてくる。

　そこに渡辺が戻ってきて、ノックをせずに玄関を開け、2人を目撃してしまう。一之瀬は責任は自分にあると釈明し、渡辺に口止めをお願いする。思いがけず秘密を知ってしまった渡辺は、一之瀬の秘密を守る証（あかし）として、自分が恋愛に臆病になった経緯を打ち明ける。話を聞いた一之瀬は、いま渡辺が網倉に恋心を抱いていることを持ち出し、秘密を守って自分の味方でいれば利があることを悟らせる。これは自分の保身のためだけでなく、神崎（かんざき）の改革派に傾いていた渡辺を自分の側に引き戻す一手でもあった。窮地を自然と自分の優位になるようコントロールした一之瀬の手腕に、綾小路は成長を認めて感心する。

試験前夜、橋本（はしもと）は情報収集の成果を坂柳（さかやなぎ）に報告する。坂柳は橋本が前園と付き合っていることや、前園の主催で開かれた綾小路を警戒する会合の音声も把握していた。だが坂柳は、橋本の情報提供にむしろ苛立（いらだ）ちを見せる。確実な勝利よりも、勝負の楽しさを優先しているようであった。

mini topic

好転しつつある（?）堀北と櫛田の関係

堀北に昼食に誘われた綾小路と櫛田は、伊吹の手作り弁当を食べるはめに。堀北は、日頃から伊吹と櫛田を部屋に招き、手料理を食べさせているという。生存と脱落の特別試験中に指名に迷った堀北を櫛田がサポートするなど、着実に２人の関係性は変化している。なお、伊吹の弁当は残念な出来栄えだったようだ。

坂柳を追い詰める
龍園と一之瀬の協力態勢

特別試験の前半戦、坂柳は堀北クラスの高円寺（こうえんじ）を集中的に狙う。堀北はプロテクトポイントを持つ高円寺が脱落するのは『傷口が浅い選択』と考えており、数度でそれを見極めた坂柳は高円寺を指名しなくなる。そして堀北と綾小路は、高円寺と堀北が無人島サバイバル試験の際に交わした約束を外部に漏らした者がいることに気付く。

攻撃側としては、絶対に退学者を出したくない一之瀬の性格を見抜いて6人目のリーチ者を出さないよう分散して攻撃する。だが、一之瀬はそこまで読み切り、早々に5人目のリーチ者を出せば、堀北ならそうしてくると予測して立ち回っていた。しかも一之瀬は、チャットアプリで龍園にコンタクトを取り、一之瀬クラスから脱落者が出ないような指名を要求。見返りとして25点差し出すと提示するが、龍園は攻守交代後の後半にこちらからの得点を受け入れろと伝えてくる。得点のコントロール権を握り、各クラスの順位を調整しようと企んでいたのである。坂柳クラスを最下位に沈めたい龍園と、絶対に退学者を出したくない一之瀬の利害が一致し、手を組むことになった。

mini topic

みーちゃんを気にかける意外な人物

満場一致特別試験後に不登校だった王に差し入れをしていた相手は、意外なことに高円寺であった。王と綾小路は、差し入れしてくれた理由を本人に直接尋ねると、『偽りなき恩』を受けたからだと言う。その恩とは、高円寺いわく「思い出す必要もない些細なこと」だそうで、王は見当がつかない様子だった。

そして一之瀬は軽井沢を集中的に狙う。その意図を察知した堀北は、一之瀬にコンタクトを取る。結果、軽井沢を連続でプロテクトさせ、さらに指名相手を何度も教えることで、一之瀬は堀北クラスに与える得点を完全に自分の管理下に置く。

龍園は坂柳からの指名を10ターン連続のパーフェクトでプロテクトする。実は橋本が龍園と内通し、携帯で坂柳の狙いをすべて伝えていたのである。坂柳は、試験中に犯人捜しを始めればかえって混乱すると判断し、以降は最下位を免れるための戦いへと切り替える。だが、結果は及ばず最下位に。橋本はAクラス卒業を盤石なものとするために、再三にわたり綾小路の引き抜きを坂柳に具申してきたが一顧だにされず、勝負における自分の楽しさを優先する坂柳ではAクラス卒業が無理と判断し、警告のために裏切ったのである。

この試験の結果、坂柳クラスから退学者が出ることになり、くじ引きで神室が選ばれてしまう。坂柳はその時になって、神室は本当の友人であり、自分にとって大きな存在になっていたと気づく。しかし、もはや取り返しがつかない状態であった。

解答 /// Answer

ここでは、綾小路たち堀北クラスを中心に、特別試験の内容を掲載する。

▼試験について

端に仕切りが設置された机にタブレットが置かれ、指名された生徒が問題を解く。

順番と注意事項

- ◆原則としてトイレは4ターン毎の10分間の休憩時間のみ。
- ◆10ターン（前半戦）終了後に40分間の休憩、昼食時間を設ける。
- ◆私語、また携帯の使用は指名を受けた者たちが問題を解いている時間を除き自由。
- ◆体調不良等で試験の続行が不可能、及び支障があると判断された生徒は脱落扱いとする。
- ◆カンニング行為が発覚した生徒は直ちに脱落扱いとし獲得していた得点を没収する。

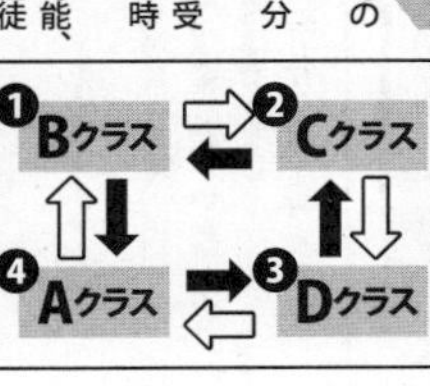

堀北クラスの前半戦

『英語』／難易度1 堀北クラス↓一之瀬クラス

攻撃側指名者 『小橋 夢』『渡辺紀仁』『墨田 誠』『二宮 唯』『柴田 颯』
防御側プロテクト成功者 『二宮 唯』『渡辺紀仁』
課題正解者 『小橋 夢』『柴田 颯』

『計算』／難易度1 坂柳クラス↓堀北クラス

防御側プロテクト対象者 『園田千代』『市橋瑠璃』『沖谷京介』『池 寛治』『牧田 進』
防御側プロテクト成功者 『沖谷京介』『池 寛治』
攻撃側指名者 『石倉賀代子』『菊地永太』『井の頭 心』
課題正解者 『石倉賀代子』

『グルメ』／難易度1 坂柳クラス↓堀北クラス

防御側プロテクト成功者 なし
攻撃側指名者 『高円寺六助』『長谷部波瑠加』『平田洋介』『幸村輝彦』『小野寺かや乃』
課題正解者 『長谷部波瑠加』『平田洋介』『幸村輝彦』

『グルメ』／難易度1 坂柳クラス↓堀北クラス

防御側プロテクト成功者 なし
攻撃側指名者 『高円寺六助』『宮本蒼士』『伊集院 航』『佐藤麻耶』『東 咲菜』
課題正解者 『宮本蒼士』『伊集院 航』『佐藤麻耶』『東 咲菜』

『グルメ』／難易度2　坂柳クラス↓堀北クラス

防御側プロテクト成功者　『篠原さつき』『須藤 健』
攻撃側指名者　『高円寺六助』『外村秀雄』『三宅明人』
課題正解者　『高円寺六助』

前半戦終了時点

1位　坂柳Aクラス　29点　脱落者　神室、山村
2位　堀北Bクラス　28点　脱落者　外村、伊集院、本堂
3位　一之瀬Cクラス　24点　脱落者　なし
4位　龍園Dクラス　19点　脱落者　石崎、磯山、矢野、諸藤

堀北クラスの後半戦

『スポーツ』／難易度1　一之瀬クラス↓堀北クラス

防御側プロテクト成功者　『王美雨』『篠原さつき』
攻撃側指名者　『綾小路清隆』『宮本蒼士』『軽井沢 恵』
課題正解者　『綾小路清隆』『宮本蒼士』

『ニュース』／難易度？　一之瀬クラス↓堀北クラス

防御側プロテクト成功者　『石倉賀代子』『須藤健』
攻撃側指名者　『綾小路清隆』『松下千秋』『軽井沢 恵』
課題正解者　『松下千秋』『軽井沢 恵』

15ターン目以降の一之瀬クラスの攻撃

15ターン目　防御側プロテクト成功者　『軽井沢 恵』『佐藤麻耶』『三宅明人』
16ターン目　防御側プロテクト成功者　『軽井沢 恵』『西村竜子』
17ターン目　防御側プロテクト成功者　『軽井沢 恵』『平田洋介』
18ターン目　防御側プロテクト成功者　『軽井沢 恵』『長谷部波瑠加』『小野寺かや乃』
19ターン目　防御側プロテクト成功者　『軽井沢 恵』
20ターン目　防御側プロテクト成功者　『軽井沢 恵』『須藤 健』

最終結果

1位　龍園Dクラス……69点
2位　一之瀬Cクラス……62点
3位　堀北Bクラス……59点
4位　坂柳Aクラス……53点

退学者　神室真澄

高度育成高等学校レポート No. 2

財界関係者の生徒

徐々に明らかになってきた、高度育成高等学校に関わる学外の財界関係者たちの存在。彼らに関係のある生徒たちをピックアップしてみた。

神崎隆二
親が財界人。

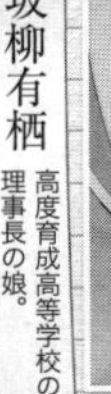

坂柳有栖
高度育成高等学校の理事長の娘。

高円寺六助
高円寺コンツェルン社長の一人息子。

1年Aクラスの石上が、過去に綾小路篤臣に出会っているなど、財界関係者と関係の近い生徒たちには様々な繋がりがある。彼らの動向に注目してみると、新たな一面が見えてくる⁉

八神拓也
憎悪のホワイトルーム生（5期生）。

天沢一夏
崇拝のホワイトルーム生（5期生）。

綾小路清隆
ホワイトルームの魔の4期生。父親がホワイトルーム運営者。

石上京
親が財界人。

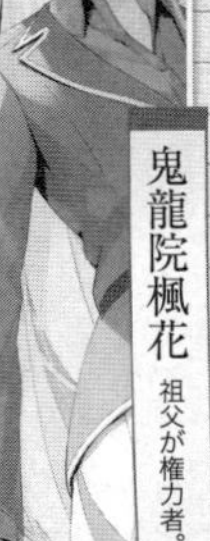

鬼龍院楓花
祖父が権力者。

Story Guidance vol.11

2月 人間関係に変化をもたらす『交流会』

11巻

2月に入り三者面談が行われた。3学期終了後には三者面談が控えており、綾小路篤臣が応じると伝え聞き、綾小路は訝しむ。しばらくして、昨年と同様に混合合宿が始まる。昨年と違う点は2月に開催されること。このため3年生は、すでに進路が決まって余裕のある生徒しか参加できない。こうした事情を鑑み、今年は特別試験ではなく、全学年合同による体験学習型の交流会という名目の合宿となる。そんな折、南雲は、綾小路に賭けを持ちかけるのだった。

要点

Main points

進学に余裕のある3年生と、1・2年生がグループを組んで交流を深める交流会。そしてこの交流会中には体験学習ゲームが行われる。ここでは、日程とグループ分けの結果、そして報酬について触れる。

一日のスケジュール

起床　7時
消灯　22時
昼休憩　13時～14時

朝食　8時～9時
昼食　12時～13時
夕食　19時～20時

大浴場　6時～8時　20時～22時
交流会　午前の部　9時～12時　午後の部　14時～18時

グループ分け

南雲グループ

・1年生・

Aクラス
高橋修
藤堂凛
天沢一夏

Bクラス
萩原千颯
福地陽菜乃

Cクラス
滑川あずき
井口由里

Dクラス
帯刀碧
大崎乃愛

・2年生・

Aクラス
真田康生
沢田恭美

Bクラス
堀北鈴音
平田洋介

Cクラス
金田悟
葛城康平

Dクラス
神崎隆二

鬼龍院グループ

・1年生・

Aクラス
豊橋峨朗
小角暖

Bクラス
柳安久
榮倉まみ

Cクラス
椿桜子
新徳太郎

Dクラス
小保方幸喜
十手美空

・2年生・

Aクラス
橋本正義
山村美紀
森下藍

Bクラス
綾小路清隆
西村竜子

Cクラス
小田拓海
椎名ひより

Dクラス
初川舞峰

グループ順位報酬

1位　各生徒に3万プライベートポイント
2位　各生徒に2万プライベートポイント
3位　各生徒に1万プライベートポイント
4位～10位　各生徒に5000プライベートポイント
11位～15位　各生徒に3000プライベートポイント
16位～20位　各生徒に1000プライベートポイント

※この交流会で入手したプライベートポイントは譲渡不可。※使用はケヤキモール内での買い物に限定される。※報酬を受け取るにはポイントカードの条件を満たすこと。

人間関係に変化をもたらす『交流会』

天沢へのリベンジに燃える堀北と伊吹

混合合宿が始まる前、綾小路の部屋の前で橋本が待ち構えていた。綾小路は、単刀直入にクラスを裏切った理由を尋ねる。橋本は、龍園からクラス移動の勧誘を受けていると白状する。また、無人島サバイバル試験の際に坂柳と龍園の間で取り決めが交わされ、どちらにつくか決めかねており、坂柳が綾小路を引き抜いてくれたらクラスと心中するつもりだったようだ。だが坂柳は拒否したため、学年末の特別試験では龍園をアシストすると言う。しかし橋本は全ての真実を語っているわけではなく、自分のための行動だと綾小路は推察する。

交流会で、綾小路と橋本は、鬼龍院グループに振り分けられた。綾小路は南雲から個人成績で3敗したら負けという条件での勝負を持ちかけられ承諾。天沢が南雲グループに志願したと聞かされた綾小路は、企みがあるのではないかと勘ぐる。綾小路は初日に個人戦で5連勝を飾った。坂柳クラスの真田が橋本の動向を気にして綾小路に接触。そのあと、堀北が天沢のことでお願いがあると頼みにくる。今の自分の強さを判断しアドバイスをしてほしい、と。綾小路は、物陰に隠れていた伊吹にも出てくるよう伝える。そして、4日目の早朝にリベンジマッチを受けてもらうよう、天沢から許可を得ることを条件に了承する。

2日目の早朝、綾小路は勝つのが難しいと判断したら1対2で戦うと約束させて堀北と伊吹を特訓し、一定範囲から動かず、かつ片腕しか使わずに2人をあしらった。

　朝食後に綾小路は、坂柳と会話する機会を得る。神室がいなくなった直後にダメージがあったことを認めつつも、坂柳は引きずっていないことをアピールする。この交流会では新しい手足となる人物を見定めているという。そこに天沢がやって来て坂柳を挑発して引っ掻き回すのだった。

　この日の夕方、時任は石崎に呼び出される。待ち合わせ場所に行くと、そこに龍園が待ち構えていた。失意の坂柳に親切にする時任の利敵行為を厳しく責め立てると、そこに時任と同グループの宝泉が登場。アルベルトや宇都宮も顔を出し、一触即発の状態に。だが、騒ぎを聞きつけた他の生徒のお陰で乱闘は免れるのだった。

南雲の賭けの結末と 退路を断った坂柳と龍園の対決

合宿3日目、森下は、同じグループの橋

mini topic

鬼龍院の憧れた政治家は……？

　合宿所の公園のブランコで、朝比奈と鬼龍院が談笑していた。朝比奈によると、鬼龍院は女子から憧れられているようだ。２人は進路について話しているうちに、鬼龍院の幼少期に話題が及ぶ。鬼龍院は、親族の都合で政治家に会うことが多く、現職の総理大臣である鬼島に憧れて政治家を志したこともあるという。

本のことを「クラスで一致団結して排除すべし」と断罪。そして、綾小路に橋本の味方か問い質してくる。たびたび接触してくる真田も、神室の退学に一枚噛んでいるという噂のある橋本を気にしていた。

交流会における綾小路の最終的な個人成績は17勝2敗。南雲との勝負に勝利し、南雲は綾小路に報奨金を振り込む。そして南雲の進路などについて話した上で、綾小路は天沢に向けた伝言を南雲に託す。

その夜、椎名から山村がいなくなったと連絡を受けた綾小路は捜索に出て、自販機の横に山村の姿を発見する。前回の特別試験で、坂柳から切り捨てられたと感じていた山村は、坂柳に接触する勇気が持てないでいた。綾小路はそんな山村に、自分がどうしたいかを尋ねるのだった。

消灯時間後の深夜、天沢が南雲を呼び出す。綾小路と組んで八神を退学させたことへの仕返しをしようと目論んでいた。そもそもこの合宿の前から南雲に接近したのもそれが目的であった。

だが、南雲が綾小路から託された「おま

mini topic

ホワイトルーム生の能力の片鱗

アーチェリーで勝負することになった綾小路と天沢。先攻の天沢は前日の練習で経験を積み、60点満点中の57点を取得する。対する綾小路は前日の挑戦と動画で学び、１本目を放った後に軌道修正することで58点を取得。ホワイトルーム生の持つ、経験の少ない事柄に対する学習能力の高さを示す結果となった。

えにはまだ価値がある。それを無駄に捨てるな」との伝言を伝えると、天沢は戦意を喪失する。

　合宿最終日の早朝、堀北と伊吹は、天沢へのリベンジマッチに挑む。伊吹から話を聞きつけた櫛田も顔を見せるが、綾小路はこの勝負に立ち会わない。他にやるべきことがあったからだ。ドッグランに山村を待たせ、そこに勇気が出ず足が動かない坂柳をエスコートしていく。特別試験に囚われたままの2人に、話し合いの場をセッティングしていたのである。

　混合合宿が終了し、綾小路たちに日常が戻ってきた。堀北からリベンジマッチの結果を聞くと、善戦はしたものの、やはり2対1でも天沢には敵わなかったようだ。進路相談室では、坂柳と龍園が対峙していた。お互いに綾小路と浅からぬ因縁を持つことを確認し、学年末特別試験での対決を前に火花を散らす。そして、お互いのクラスを受け持つ担当教師の立ち会いの下、敗れた者がこの学校を去るという取り決めを交わしたのである。

　学年末特別試験で坂柳か龍園、どちらかが必ず退学することが決定した。

解答 Answer

交流会を通して行われた体験学習ゲームのルールと科目をまとめた。押し花作りやアーチェリーなど、学校の授業ではあまり縁のない科目を通して、生徒たちが競い合った。その結果を一覧にする。

Rule 交流会 体験学習ゲーム概要

期間 3日間に分けて行われる。1日目5試合、2日目7試合、3日目7試合。
※各ゲーム毎にインターバル30分。

対戦方法 全20グループの総当たり戦で行われる。対戦の順番は非公開。

ルール 各グループから毎ゲーム、3年生の代表者が参加者5名を選出し対戦する。参加者としてゲームに選出できるのは1、2年生のみ。1対1を原則とし3勝したグループの勝利とする。負けが確定してもゲームは5人全員が行う。参加制限回数はなく、何度でもゲームに参加できる。

ゲーム内容 リスト内から学校側がランダムに選出しゲーム内容が随時発表される。

勝利条件 勝利数が多い順に表彰される。
※同率で3位以上が並んだ場合追加でゲームを行う。

体験学習ゲーム結果

科目
『押し花作り』『陶芸』『卓球』『アクセサリー作り』『彫刻体験』『トランプ』『チョークアート』『パターゴルフ』『パッチワーク』『アーチェリー』『ガラス細工』『絵付け』『将棋』『ろくろ制作』『UNO』など

結果
南雲グループは18勝1敗で1位
鬼龍院グループは19戦15勝4敗で4位
綾小路の個人成績は17勝2敗

堀北VS伊吹ベストバウト

1年生の無人島試験で初めて衝突した堀北と伊吹。
そんな2人の戦いは、2年生になってから熾烈を極める。
ここでは彼女たちのバトルから3つを取り上げる。

Best.1

伊吹の執念が呼び込んだ奇跡の勝利！

修学旅行4日目に雪合戦が開催。伊吹チームと堀北チームが対決するが、チーム戦のはずがいつしか2人の勝負に。大勢が見守る中、伊吹は手袋を外すことで投球精度を高めて、短期決着の戦略を取る。見事、伊吹の雪玉が堀北の服をかすめる。判定はヒットになり、伊吹に軍配があがった。

Best.2

勝負のはずが共闘することに

2年生の無人島サバイバル試験では、獲得したポイントで勝負することに。途中、天沢と堀北が戦うのを目の当たりにした伊吹は、堀北に協力。様々なことがあったが、試験の結果は、僅差で堀北が勝利する。

Best.3

堀北にやり込められた伊吹

体育祭では、１００ｍ走は堀北が、走り幅跳びでは伊吹が勝利。シャトルランで決着をつけようとするが、堀北は言葉巧みに伊吹をバレーのチームに勧誘。いいように伊吹を利用した堀北の勝利ともいえる。

3月 雌雄を決する『学年末特別試験』

12巻

4クラスすべてがAクラスになる可能性を残したまま3年生を迎える――それが綾小路の目標であったが、坂柳と龍園が退学を賭けた勝負をすることになり、その目標は潰えることに……。

そして2年生最後の特別試験が始まろうとしていた。今回の特別試験では、坂柳クラスは龍園クラスと、堀北クラスは一之瀬クラスと対戦することが決まっている。代表者を3名選出しておくことと、その他の生徒は参加者となること以外は当日まで内容が明かされないまま、試験に挑むことになる。

要点 Main points

2年生最後の特別試験で堀北クラスは、一之瀬クラスと勝負。先鋒、中堅、大将に選ばれた3名が勝負する。勝利すれば200クラスポイントを得られるため、クラスランクの変動が起こりうる特別試験だ。

学年末特別試験

試験会場

特別棟

対戦クラス

堀北クラス VS 一之瀬クラス

龍園クラス VS 坂柳クラス

事前準備

- 期日までに各クラスから代表者3名、先鋒、中堅、大将を選出すること。（男女どちらからも1名以上の起用が条件）
- 代表者の当日欠席に備え任意の人数の代役を指定可能。
- 当日代役を含め代表者が3人に満たない場合、学校側がランダムに代表者を選出する。

試験ルール

- 各クラスの代表者（先鋒↓中堅↓大将）による勝ち抜き方式を採用。
- 先鋒は5ポイント、中堅は7ポイント、大将は10ポイントのライフが与えられる。
- 大将のライフを先に全て失ったクラスの敗北となる。

◆定められたルールの中で1対1による勝負を行うものである。

◆引き分けは存在せず、決着がつくまで必要に応じ試験は延長される。

参加者概要

◆代表者以外の生徒は参加者となり、試験に参加する。

◆体調不良などによる欠席で出席者が35名を下回る場合はペナルティが発生する。

※ペナルティ……1名につきクラスポイントを5支払う。

※参加者の人数が36人以上のクラスは、35人を超えた人数分×5クラスポイントを得る。

クラス代表者

堀北クラス	龍園クラス	一之瀬クラス	坂柳クラス
先鋒・平田洋介	先鋒・西野武子	先鋒・浜口哲也	先鋒・真田康生
中堅・堀北鈴音	中堅・葛城康平	中堅・神崎隆二	中堅・鬼頭隼
大将・綾小路清隆	大将・龍園翔	大将・一之瀬帆波	大将・坂柳有栖

報酬

勝利したクラスは200ポイントを得る。

※満場一致特別試験の選択も追加で反映される。堀北クラスの場合勝利すると250ポイントを得る。負けた場合はポイントなし。

雌雄を決する『学年末特別試験』

特別試験に臨む前の綾小路の事前調整

綾小路は特別試験の前に、各クラスのリーダーと個別に話す機会を設けた。堀北からは代表者になることを打診され、大将の座と、勝利したら今後一切クラスに貢献しないことを条件に承諾。その代わり、敗北したら向こう半年間の手助けを約束する。

龍園は、正々堂々と戦うことを綾小路に宣言した。そして一之瀬には、1年前の春休みに交わした約束を持ち出し、特別試験後に会う時間を作ってほしいと伝える。坂柳との電話では、彼女がクラスメイトと個別に会って話す機会を設けたことを聞く。坂柳は自分の変化を受け入れ始めているようだ。

この間、綾小路は別の生徒にも接触していた。山村から得た情報の裏取りをし、前園が綾小路について話し合う集会を年末に主催していたことや、橋本と通じていることを確認。さらに、前園が漏らした堀北クラスの情報が、一之瀬クラスに伝わっていることを突き止めた。また、橋本を自室に呼んで特別試験での立ち位置を聞いた際には、彼に「自分に嘘はつくな」との忠告を与えるのだった。

特別試験の当日、代表者と参加者は別々にルールが説明された。それぞれ説明内容は異なり、しかも試験中にお互いは関与できず、代表者同士のルールは隠匿される仕組みとなっていた。代表者によるグループ作りの最中、綾小路は、負けたら卒業まで全面的に協力することを条件に、背信者指定の権利を譲ってもらう。

準備を終えた綾小路は、龍園に目配せをしてからトイレに向かった。そこで龍園に坂柳への伝言を頼み、その内容は橋本が知っているという。だが、橋本に接触するには、背信者指定の権利の使用先を限定することになり、試験中に足枷となる可能性が高い。だが、坂柳に勝てないと判断したら思い出してくれと言うのであった。

mini topic

関係性が途絶した元綾小路グループ

綾小路は、特別試験前に堀北と会ったあと、長谷部と遭遇する。長谷部はなにか言いたそうな素振りを見せるが、綾小路は近くにいた天沢に指先でサインを送り合流を指示。長谷部との話を打ち切る。天沢から南雲に八つ当たりしなかったことを聞いた綾小路は、天沢を学校に繋ぎ止めるために任務を課すのであった。

綾小路の策略と退学を賭けた勝負の行方

堀北は、浜口と神崎に無傷で勝利を収めるが、一之瀬にはまるで歯が立たない。一之瀬の驚異的な洞察力に恐怖心を抱き、彼女の雰囲気に呑まれて敗北してしまった。綾小路は憔悴しきった堀北を出迎えると、抱き寄せて慰め「おまえには仲間がいる。それを忘れるな」と助言する。

大将同士の戦いでは、綾小路は開始前に

背信者の権利をお互いに放棄することを提案。一之瀬は背信者が唯一の懸念材料だったのでこの提案に応じる。そこで2人は、権利を行使したが背信者を見抜けなかったという過程をクラスメイトに示すために、お互いに背信者を指定し、議論の途中で背信者を対話で呼び出すことになる。

　ところが綾小路は、このシステムを利用して前園を退学に追い込む。他クラスであろうと退学者が出ることを望まない一之瀬は、前園退学の片棒を担がされたことに激しく動揺してしまう。さらに一之瀬は、これまで綾小路に利用されていたことを明かされて茫然自失となり、綾小路が完勝する。

　一方の坂柳と龍園の直接対決は、3時間以上に亘る長期戦に突入した。やがて龍園は、自分の読みが坂柳を上回れないことを痛感し、勝負が決まる前に敗北宣言。そこで綾小路の伝言を坂柳に開示しながら橋本を背信者に指定。坂柳は橋本を呼び出す。だが、伝言について思い当たる節がなく困惑する橋本がかろうじて思い出したのが、「自分に嘘はつくな」との忠告だった。

　坂柳は、橋本の独白を聞き人格形成の過程に思いを馳せ、彼を許す気持ちが芽生えていた。しかし、その一方で綾小路の伝言の意味を理解するため思考を巡らせ続ける。そうして綾小路の伝言の意味に辿り着く……綾小路が対戦相手に望んでいるのは龍園であって自分ではない、と。そのメッセージを受け取ってしまった坂柳は、「背信者を見抜けずに見逃す」という選択をして龍園に勝利を譲る。龍園は勝負に負け、坂柳は試験に負けたのである。

解答 Answer

激しい攻防の末に、2年生最後の特別試験が幕を閉じる。特別試験の流れや、堀北クラス対一之瀬クラスと坂柳クラス対龍園クラスの勝敗などをまとめる。勝敗の結果で、クラスランクも変動することに。

Rule 特別試験の流れ

一般生、優等生、教師、卒業生、下級生、上級生、背信者の配役を担い議論を行う。

事前準備

各クラスの代表者たちは、任意の生徒で7人1組のグループを5グループ作成する。

※同一グループは連続して起用できず、一度休憩させなければならない。

※参加者が35名未満の際、必要に応じて2つ目のグループに同一人物の参加を認める。

流れ

①各クラスの代表者はタブレットで議論に参加するグループを1つ選択する。

⬅

②各クラス7名ずつ、合計14名の参加者による議論をモニター越しに観察する。

・議論は1ラウンド5分。

⬅

③ラウンド終了後、両代表者は参加者1名を指名し、特定の配役を選択する権利が与えられる。

・指名は1ラウンドに1名まで。パスは自由。1分以内にタブレットで選択を行う。

⬅

④選択した参加者の配役の正否により代表者同士のライフが変動する。

・教師、卒業生はこのタイミングで配役の持つ効力を行使する。

・代表者が1人以上パスを行っていた場合、優等生が1名を退室させる（その際に役職者が選ばれても代表者のライフ増減は無し）。

・代表者、優等生に選ばれた1名から2名の生徒は議論終了となり退室となる（指名が正解すると配役が開示されるが、優等生の指名では配役が開示されない）。

⬅

⑤**一般生もしくは優等生のどちらか全員が退室で議論終了。**

・議論途中でも、代表者のライフが0になった時点で議論終了となる。

・大将のライフが0になった時点で試験終了となる。

・両クラスの大将が同時にライフ0になった場合、ライフ1で再戦。決着まで繰り返される。

・議論終了時、もしくは代表者交代の際はインターバルが挟まれる。

Rule 議論

◆参加者14名は個別に与えられる配役を見抜くための話し合いを行う。
◆一般生もしくは優等生のどちらかが0人となった時点でその議論は終了となる。もしくは代表者のライフが0になった時点でも議論終了となる（この際、議論に残っていた生徒全員にプライベートポイント5000が与えられる）。
◆代表者は一般生、優等生、背信者以外を『役職有』と大枠で指名することが出来るが、その場合は正確な指名とはならないため具体的な役職が何かは開示されない。
◆待機中の代表者以外の生徒たちはモニター越しに議論を観戦できる。
◆同じラウンドで各代表者がそれぞれ指名成功した場合、ライフの相殺処理を先に行う。
◆議論に参加する生徒は、発言に際して全員に聞こえるよう心がけること。
◆特定の人物だけに話しかける行為の禁止。
◆上記に準ずる耳打ちなど、違反したことが確認された場合は退室を命じる。
◆過度な暴言、誹謗中傷、暴力行為はペナルティとし、退室を命じる。
◆途中退室した場合は所属クラスの代表者のペナルティとなる。
※ペナルティの度合いにより代表者のライフが減少する。

参加者に与えられる配役一覧と参加人数

『一般生』／6人～8人
何ら特殊な権限を与えられていない生徒。誤認指名（役職有指名含む）した場合、指名した代表者のライフが1失われる。

『優等生』／2人
優等生を見抜き指名に成功した場合、対戦相手の代表者1名のライフを3削る。誤認指名（役職有指名含む）した場合、指名した代表者のライフが2失われる。優等生は他の優等生を認識し存在を共有している。代表者が1人以上パスした場合、ラウンド終了時参加者を1人指名し退室させる（2人残っている場合はランダムで指名権を付与。また優等生は優等生を指名出来ない）。

『教師』／1人
役職有との指名に成功で対戦相手のライフ1を、教師との指名でライフ2を削る。誤認指名した場合、指名した代表者のライフが2失われる。
効力：各ラウンド終了時に1度だけ生徒1名を優等生の指名からブロックできる。

『卒業生』／1人
役職有との指名に成功で対戦相手のライフ1を、卒業生との指名でライフ2を削る。誤認指名した場合、指名した代表者のライフが2失われる。
効力：各ラウンド終了時、1名を指名してその生徒の配役を知ることが出来る。ただし背信者に関しては正体を知ることが出来ず、一般生と認識してしまう。

『下級生』／１人

役職有との指名に成功で自身のライフ1を、下級生との指名でライフ2を回復する。誤認指名した場合、指名した代表者のライフが1失われる。

『上級生』／１人

役職有との指名に成功で対戦相手のライフ1を削り、上級生との指名でライフ1を削ると共にランダムに2名の参加者の配役が代表者に開示される。誤認指名した場合、指名した代表者のライフが1失われる。

『背信者』／０人～２人

※各クラス、試験で1度のみこの配役を使用できる。

代表者が議論に参加する対戦相手クラスの1名の参加者を指定し背信者にできる。1ラウンド毎に議論中の1名の配役（優等生を除く）がランダムに背信者を指定した代表者に開示される。誤認指名（役職有指名含む）した場合、ライフが2失われ行使した対戦相手の背信者権利が復活する。優等生が背信者を退室させようとした場合、ブロック扱いとし退室にならない。背信者は対戦相手が誤認指名するか、対話で代表者が断定しない限り退室させられない。

各配役報酬

◆一般生側が勝利した場合、一般生全員が1万プライベートポイントを得る。
◆優等生側は役職のある生徒が指名される度に500プライベートポイントを得る。また、優等生側が勝利した場合は50万プライベートポイントを得る。
◆教師、卒業生の場合は議論終了まで退室しなければ5万プライベートポイントを得る。
◆上級生、下級生が優等生の手によって退室した場合、その配役の生徒は5万プライベートポイントを得る。
◆背信者が議論終了時まで退室しなければ500万プライベートポイント or クラスポイント50の好きな方を得る。

背信者の権利行使による『対話』

◆ラウンド終了時毎に代表者が希望する場合に限り別室で1対1の対話が可能。
※対話では互いに特別試験の途中経過やルールの詳細について話し合うことを禁ずる

①対話を行う。
②参加者は背信者かそうでないかを告白する。その際先行して回答を求められる。
③代表者は背信者だと断定するか、無実だと判断するかを選ぶ。
④結果

【参加者が背信者であった場合】
・背信者だと告白して代表者が断定した場合。情報流出は止まるが背信者の報酬は剥奪。
・背信者だと告白して代表者が見逃した場合。代表者はライフを5失う。
・背信者が否定して代表者が断定した場合。背信者は退学となる。
・背信者が否定して代表者が見逃した場合。代表者はライフを5失う。

【参加者が背信者でない場合】
・背信者だと告白して代表者が断定した場合。代表者はライフを1失う。
・背信者だと告白して代表者が見逃した場合。ペナルティなし。

・背信者が否定して代表者が断定した場合。代表者はライフを1失う。
・背信者が否定して代表者が見逃した場合。ペナルティなし。
堀北クラスVS一之瀬クラス
1試合目
WIN 先鋒・平田洋介 VS 先鋒・浜口哲也
2試合目
WIN 中堅・堀北鈴音 VS 先鋒・浜口哲也
3試合目
WIN 中堅・堀北鈴音 VS 中堅・神崎隆二
4試合目
中堅・堀北鈴音 VS WIN 大将・一之瀬帆波
5試合目
WIN 大将・綾小路清隆 VS 大将・一之瀬帆波
退学者　前園杏
坂柳クラスVS龍園クラス
1試合目
WIN 先鋒・真田康生 VS 先鋒・西野武子
2試合目
先鋒・真田康生 VS WIN 中堅・葛城康平
3試合目
中堅・鬼頭隼 VS WIN 中堅・葛城康平
4試合目
WIN 大将・坂柳有栖 VS 中堅・葛城康平
5試合目
大将・坂柳有栖 VS WIN 大将・龍園翔
学年末特別試験終了時点の暫定クラスポイント
Horikita
堀北クラス
1233
ポイント
Ryuen
龍園クラス
1040~1090
ポイント
Ichinose
一之瀬クラス
714
ポイント
Sakayanagi
坂柳クラス
1093
ポイント

▶Story Guidance vol.12.5

高度育成高等学校の春休み

12.5巻

特別試験の余波

各クラスの動き

学年末特別試験に勝利した堀北クラスは、暫定のクラスポイントで1位に躍り出た。だが、前園が退学したこともあり、堀北は試験の全容を知り得ない参加者たちに説明責任を果たそうとする。綾小路は、一之瀬に勝つための戦略であったこと、前園が退学に値する生徒である理由を明かす。これまでクラスから出た退学者すべてに綾小路が関与しているため、一部の生徒から批判は出たものの、櫛田が絶妙なタイミングで擁護し、批判を沈静化させた。

敗北を喫した一之瀬クラスでは、誰もが一之瀬を慰めていた。同調性バイアスが教室を支配していき、神崎や姫野ら改革派は行動を起こせない。そんな中、現実を受け止められず楽観的なことばかり口にする生徒たちに星之宮が激怒。敗戦後、一之瀬は学校に姿を見せないようになってしまう。

坂柳に退学までの猶予期間を許可した龍園。彼は、綾小路の伝言で結果がひっくり返ったことに納得せず、坂柳にその理由を問い質す。説明を聞いても迷いが払拭できない龍園に、坂柳は勝利を受け止められないなら退学すればいいと叱咤し、綾小路に弱点を作ると言う。そして、再会を匂わすような言葉を残すのであった。

綾小路は、山村と森下から坂柳クラスの

状況を聞く。その様子はまるでお通夜のようで……。森下は、Ａクラス卒業は諦めてプライベートポイントを貯める方向に舵を取り、最後にＡクラスに数人送り込むのが現実的な方針と考えているようだった。
　春休みに入ると綾小路は、茶柱(ちゃばしら)と真嶋(ましま)、坂上(さかがみ)に連絡を取る。特別試験の開始直前、トイレに向かった際に星之宮に呼び止められ、見返りを提示して勝利を譲ってほしいと交渉してきた事実を報告する。その後、星之宮と単独で会い、その会話内容を携帯を通して茶柱たちに聞かせることに。星之宮は、３人の教師を前に、不正な手段を用いてでも茶柱のＡクラス昇格を阻止すると強弁。彼女の思いは完全な私怨だ。話し合いは平行線を辿り解散となるが、綾小路は星之宮を変えることを茶柱に約束する。

mini topic

手紙の差出人は？

　高度育成高校を去る坂柳を見送った綾小路。彼は、森下と山村に今後のクラス戦略について助言する。その直後、１年生女子の根岸が綾小路に声をかけてきて手紙を渡す。森下はラブレターではないかと興味津々だが、中には電話番号と、Ｎのイニシャルが書かれたメモが入っているだけであった。

軽井沢との関係解消と一之瀬の再起

　3月30日は1年前に綾小路と一之瀬が『会う』ことを約束した日である。一之瀬にメッセージを送るが、既読はつかない。

この日、綾小路は軽井沢と映画館デートをする予定になっていた。映画鑑賞後、カラオケルームに移動すると、綾小路は軽井沢に別れを切り出す。軽井沢は、これまでの恋人関係は、誰かに寄生しないと生きていけない自分を独り立ちさせるための措置だった、と頭では理解していた。彼女は別れを受け入れて気丈に振る舞う。だが、1人残されたあとに号泣するのであった。

同日夜、綾小路は『介錯』するために一之瀬の部屋に向かった。綾小路が一之瀬クラスに移籍してリーダーになる代わりに自主退学するか、それとも憎しみを糧にリーダーを続けるか……綾小路からの二択の提案に、一之瀬は第3の選択肢を答える。返事をせずに部屋に引き籠もっていれば、綾小路は譲歩して訪れてくると想定し、待ち受けていたのである。そして共犯関係を持ちかけ、改めて綾小路への想いを告げると、2人は一夜を共にするのだった。

4月1日、三者面談に現れた綾小路篤臣は、雑談などで遅延行為を繰り返して時間を調整し、偶然を装って高円寺の父親と遭

mini topic

度重なる石崎からの勧誘

綾小路が軽井沢に別れ話を切り出す当日の朝、綾小路は石崎から呼び出された。待ち合わせ場所には椎名も来ており、石崎と椎名から龍園クラスに勧誘される。好条件が揃っていたものの、どのクラスにもチャンスが残されたまま戦いを続けさせるのが綾小路の希望であり、石崎たちの誘いを断るのだった。

遇。そして、理事長室で鬼島総理と高円寺父が会談している場に押し入る。清隆が新学期からクラス移動するので、今後は高円寺六助と対戦する可能性があると口走る。特別試験を見学した鬼島総理が清隆に注目していたと知ると、高円寺父も息子同士の戦いに興味を抱く。そして篤臣は、清隆が六助のAクラスでの卒業を阻止したら、1対1で会ってほしいと賭けを持ちかける。

新年度が迫る中、一之瀬クラス有志は今後について話し合う場を設けた。すでに綾小路のおかげで立ち直っていた一之瀬は、状況的に厳しくなったが、Aクラスを賭けた勝負ができるところまでクラスを引っ張り上げると宣言する。そんな一之瀬に特別試験中に勝負を諦めたことを咎められた神崎は、彼女の変化を肌で感じ取っていた。

Aクラス昇格が確定した堀北クラスは祝勝会を開く。綾小路の存在の大きさを改めて認めた堀北。感謝を述べようとするが、いつの間にか綾小路の姿はなく……。

3年生に進級した新学期初日、クラス移籍の権利を行使した綾小路は、元・坂柳クラスへと移籍。綾小路たちにとって、最後の1年が始まろうとしていた。

▼Focus on the third term-Spring Break

3学期〜春休みの注目点

Check Point

最後の1年に向けて
各クラスが拮抗する展開へ

南雲は、無人島サバイバル試験の最終盤に綾小路に気絶させられて以来、彼を警戒し挑発してきた。しかし、交流会で綾小路の実力を認め、綾小路を同じ大学に誘うのだった。

この3学期には、生存と脱落の特別試験と学年末特別試験が実施される。どちらもクラス同士が直接対決をするルールだ。2年生の勢力図が劇的に塗り替えられ、綾小路が望んだ全クラスにAクラス昇格の可能性を残した状態が形成されていく。とりわけ学年末特別試験における綾小路はいつになく協力的で、ただ勝利を目指すだけでなく、クラスに害を及ぼす前園の排除も同時にやってのけた。自分がクラス移動した後を見越し、今後も堀北クラスが実力を発揮できるよう下準備を進めていたと考えられる。

また、坂柳と龍園の抗争が激化する点も見逃せない。綾小路との対戦を熱望する者同士、先に決着をつけておきたい相手であり、退学を賭けて戦うことになる。これまで勝利のために手段を問わなかった龍園が正攻法で挑み、坂柳との差を痛感。この『敗北』が彼にどのような成長を促すのだろうか。

Check Point

綾小路の予測を超えて 一之瀬が取った行動

恋心を自覚して綾小路に急接近する一之瀬。学年末特別試験ではこれまで利用されていた事実を突きつけられ手酷い敗北を喫するが、それでも綾小路への想いは変わらなかった。歯止めが利かなくなった彼女の動向は予測がつかず、今後も目が離せない。

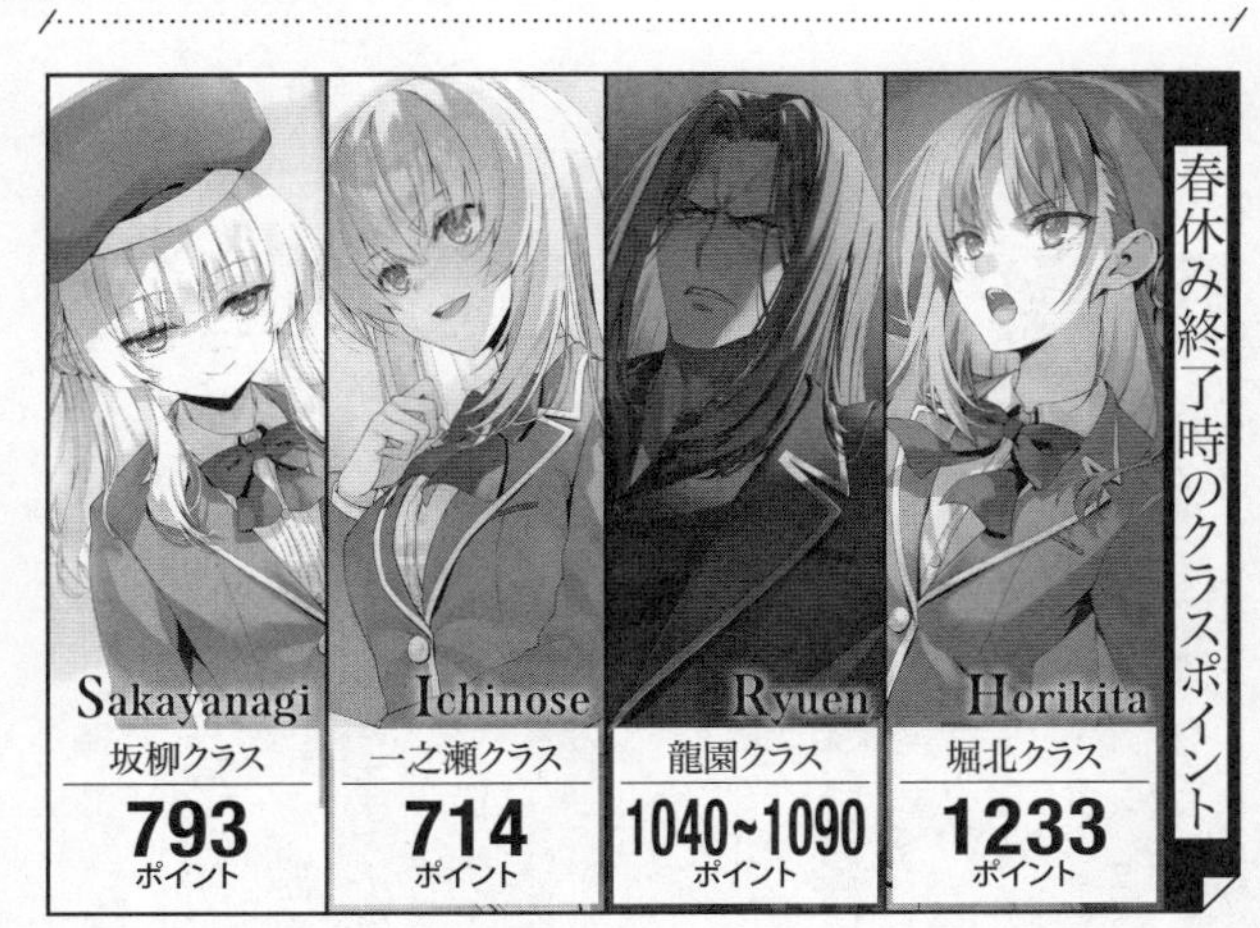

1年生のクラスポイント

Aクラスを目指す戦いは、新1年生の間でも繰り広げられている。1年を通して戦い抜いた4クラスの、暫定最終クラスポイントと主要生徒をまとめてみた。

Bクラス

＼クラスポイント／ 697ポイント

リーダー的な存在であった八神が退学となり、戦力は大きく後退。Aクラスとは差を広げられてしまう。

NO DATA...

【主要生徒】—

Aクラス

＼クラスポイント／ 991ポイント

成績優秀者が集まっているAクラス。1学年の終了時にも、多くのポイントを残して終了した。

【主要生徒】天沢一夏

Dクラス

＼クラスポイント／ 510ポイント

Dクラスとしては大きくポイントを残している様子。クラスを率いている宝泉の貢献が大きそうだ。

【主要生徒】宝泉和臣

Cクラス

＼クラスポイント／ 532ポイント

宇都宮や椿など、戦力は十分。だが、あまりポイントを得られていないのか、Dクラスとの差は少ない。

【主要生徒】宇都宮陸

OAAデータベース

個人の能力を数値化したＯＡＡをまとめて掲載。４月の情報を基本に、ＯＡＡ評価を見比べることで、個人の得手不得手が見えてくる！

クラス	氏名	学力	身体能力	機転思考力	社会貢献性	総合力
堀北クラス	綾小路清隆	C(51)	C+(60)	D+(37)	C+(60)	C(51)
	(5月)	A-(81)	B-(61)	D+(40)	B(68)	B-(62)
	(3月)	A(87)	B(73)	C(54)	B(70)	B(71)
	堀北鈴音	A-(82)	B(71)	C-(42)	B+(80)	B(67)
	軽井沢 恵	D+(40)	C-(44)	B-(61)	D+(40)	C(47)
	(9月)	C(48)	−	−	−	−
	櫛田桔梗	B(72)	C+(60)	A-(82)	A(88)	B(74)
	高円寺六助	B(71)	B+(78)	D-(24)	D-(25)	C(53)
	平田洋介	B+(76)	B+(79)	B(75)	A-(85)	B+(78)
	王 美雨	A-(84)	C(51)	C-(44)	B+(77)	B-(62)
	須藤 健	E+(20)	A+(96)	D+(40)	E+(19)	C(47)
	(5月)	C(54)	A+(96)	C-(42)	C+(60)	B-(63)
	(11月)	C+	A+	C-	D-	−
	池 寛治	E+(20)	D(34)	C+(60)	D(32)	D+(37)
	篠原さつき	D+(38)	C-(41)	C+(57)	B-(62)	C(48)
	佐倉愛里	C(50)	D-(25)	D-(25)	C+(60)	D+(37)
	長谷部波瑠加	C(52)	C(52)	C-(43)	C(46)	C(49)

クラス	氏名	学力	身体能力	機転思考力	社会貢献性	総合力
堀北クラス	幸村輝彦	A(92)	D(30)	C(51)	B-(63)	C+(58)
	三宅明人	C(53)	B(74)	C-(42)	C+(56)	C+(56)
	佐藤麻耶	D(34)	D+(36)	C+(59)	C(51)	C-(44)
	松下千秋	B+(76)	C(54)	C+(57)	B(67)	B-(63)
龍園クラス	龍園 翔	C+(59)	B(71)	B(70)	E+(18)	C+(60)
	伊吹 澪	C(53)	B-(64)	D(30)	C-(43)	C(48)
	椎名ひより	A(86)	D(28)	C-(42)	B(74)	C(55)
	葛城康平	A(89)	C+(58)	B(70)	B+(77)	B(73)
	石崎大地	D-(21)	C+(60)	C(52)	D+(40)	C-(44)
	山田アルベルト	C(48)	A(90)	C(55)	C(51)	B-(62)
	金田 悟	B+(80)	D(29)	B-(64)	A-(81)	B-(61)
一之瀬クラス	一之瀬帆波	A(86)	C(54)	B(70)	A+(96)	B(74)
	神崎隆二	B+(77)	B(70)	C+(60)	B(71)	B(69)
	姫野ユキ(8月)	B-(63)	C(51)	C+(58)	C+(58)	C+(57)
	柴田 颯	C+(56)	A-(81)	B(74)	B(68)	B(70)
	渡辺紀仁(11月)	C+	C+	C以上	C以上	C以上
坂柳クラス	坂柳有栖	A(93)	D-(25)	B+(80)	B-(65)	B(66)
	橋本正義	B(74)	B+(79)	B(68)	B-(65)	B(72)
	神室真澄	B-(62)	B+(79)	C-(43)	C+(57)	B-(61)
	鬼頭 隼	C+(58)	A(89)	C+(58)	C+(60)	B(67)
	森下 藍(12月)	B+	C+	B+	B	B

クラス	氏名	学力	身体能力	機転思考力	社会貢献性	総合力
坂柳クラス	真田康生(12月)	A	C+	B+	B+	B
3年生と1年生						
3-A	南雲 雅(8月)	A	A	A+	A+	−
3-B	鬼龍院楓花(7月)	A+	A+	D	C+	−
3-B	桐山生叶(7月)	B+以上	B+	B+以上	B+以上	B+以上
3-D	井木	D+	−	−	−	−
3年生	富岡	−	C+	−	−	−
3年生	徳永	−	B+	−	−	−
1-A	天沢一夏	A(87)	A-(83)	D+(38)	C+(57)	B(68)
1-A	石上 京(8月)	A(95)	D-(25)	B+(77)	D(31)	B-(61)
1-A	高橋 修	C+	−	−	−	−
1-B	八神 拓也	A(93)	C(51)	B(74)	B+(77)	B(73)
	(7月)	A	C	A	A	−
1-B	島崎	B-	−	−	−	−
1-C	椿 桜子	C-(44)	D+(40)	D+(38)	D+(40)	C-(41)
1-C	宇都宮 陸	B(72)	A(87)	C(51)	D+(39)	B(66)
	(7月)	−	−	−	B	−
1-C	波田野	A	−	−	−	−
1-D	七瀬 翼	B(74)	B+(78)	B(71)	C+(59)	B(72)
1-D	宝泉和臣	B+(76)	B+(80)	D(32)	E(12)	C(55)
1-D	白鳥	A	−	−	−	−

TEST

綾小路と一緒に放課後勉強会

本書籍の中から10問を出題。1問50点配点で、250点以上を目指そう！　難しい問題は、ヒントを参考に考えてみよう。

第1問　全学年の個人データが入っており、誰でも生徒個人の能力を見ることができるアプリ。その名称をフルネームで答えよ。
[配点 50点]

第2問　堀北の生徒紹介セリフ「うじうじ悩むのは私らしくない。私は―――●らしくいくわ」の『●』には何が入るか答えよ。
[配点 50点]

第3問　綾小路の父親でホワイトルームの運営者の、下の名前を答えよ。
[配点 50点]

第4問　進級後に初めて行われた、1年生とペアを組み筆記試験に挑む特別試験。軽井沢のペア相手を答えよ。
[配点 50点]

第5問　全学年合同で行われた無人島サバイバル。この特別試験は何週間行われるか答えよ。　[配点 50点]

第6問　満場一致特別試験の課題②で出された修学旅行の行き先。堀北クラスは修学旅行の行き先にどこを選んだか答えよ。
[配点 50点]

第7問 体育祭では堀北と伊吹が個人的に競い合った。２人がエントリーした１００メートル走では、堀北と伊吹のどちらが勝利したか答えよ。
[配点 50点]

第8問 初開催となる文化祭で、南雲率いる3年Aクラスの出し物を答えよ。
[配点 50点]

第9問 坂柳クラスの担任の真嶋が、最近気になっている女性の名前を答えよ。
[配点 50点]

第10問 学年末特別試験で、坂柳クラスは中堅・鬼頭隼、大将・坂柳有栖だが、先鋒に選ばれた生徒を答えよ。
[配点 50点]

ヒント

第1問 12P
第2問 16P
第3問 106P
第4問 120P
第5問 128P
第6問 160P
第7問 168P
第8問 179P
第9問 197P
第10問 222P

解答

第1問	第2問	第3問	第4問
over all ability	私	篤臣	島崎
第5問	**第6問**	**第7問**	**第8問**
2週間	北海道	堀北	お化け屋敷
第9問	**第10問**		
秋山	真田康生		

250点未満は赤点。

250点取れなかったら、本書籍を読み返そう！

Aクラスを巡る最後の1年が始まる――

Next chapter
3rd year

[巻末特典]

ようこそ
実力至上主義の教室へ

『模擬デート』
『あの頃から――』

衣笠彰梧

○模擬デート

これは、2年生の無人島試験が始まる少し前の話。

あたし軽井沢恵は、放課後のケヤキモールに足を運んでいた。

放課後のケヤキモールは生徒たちで賑わう。

友達と遊びに来る子たちの他にも、買い物をするためだったり髪を切るためだったりと利用方法は様々。

あるいは……恋人とデートしに来たりとか。

とにかく、学校の敷地内から出られないからこそ、ケヤキモールは無くてはならない存在。

ちなみに、いつものあたしなら友達と遊びに来ることが多い。

だけど――今日は1人で行動する。

特に買いたいものがあるわけじゃない。

ただ、ちょっと実験的なことがしたかっただけ。

「ふーっ、なんか緊張する」

独り言を呟きながら、北口からモール内へ。

既に放課後になってから1時間近く経（た）っているため生徒たちの数はかなり多くなっている。

「うんうん、これなら多分大丈夫」

辺りを見回して人の多さに安心して歩く。

ひとまず、予定通りに雑貨屋へ。

雑貨屋自体は狭いけど、女の子が4人ほど店内で色々なものを物色して楽しんでいる様子。

さて、と。

あたしは携帯を手に持って店内をうろつくことに。

それから程なくして、あたしの携帯にメッセージ。準備が整ったことの合図だ。

あたしはニヤけそうになるのをぐっとこらえて、一人適当に商品を見て回る。

毎週のように新商品が出回るため、飽きることはない。特に携帯につけるような可愛（かわい）いアクセサリー系が大好き。

ただ、買いすぎて最近はストラップの方が携帯よりも重たくなってきているので、今日は我慢。

我慢……我慢……出来ないかも！

「これ可愛い～」

新しく入ってたストラップが、凄（すご）くキュート。

小さなリボンを着けた子猫のイラストのヤツ。

携帯で気に入った商品を撮って、送る。それから独り言を呟（つぶや）きながら、ゆっくりと店内を巡る。

『こういうのが好きなのか？』

返ってきたメッセージに笑みをこぼしながら、『意外？』と送ると『少し』と返ってきた。

『こんなのを彼氏にプレゼントされたら、キュンとしちゃうかもかも♡』

なんてメッセージを返そうとして、恥ずかしくて消去した。

流石（さすが）に今日のお試しで、そこまでの勇気はない。

今度は向こうから、一枚の写真が送られてきたのでワクワクしながら見ると……。

『こういうのが好きかと思ってた』

髑髏（ドクロ）と十字架のイラストが入ったストラップの写真。

『いやいや、ないって。センス悪すぎ。そんなのつけるのは中学生の男子だけだって』

と、今度はそんなちょっと意地の悪い返事を。

甘い会話だけじゃないというのも、大切なのだ。

ここで今日の目的を教えちゃおうかな。

ぐるぐると一人で店内を回りながら、だけど実はもう一人、あたしとは違うルートで歩く相手がいる。

もはや説明するまでもないけど……あたしの彼氏で綾小路清隆。超カッコよくて頭も運動神経も良い。

もはや漫画の世界から出てきたような……。

「ちょっと持ち上げすぎかな……」

自分で言っておいて訂正する。

人間関係はお世辞にもうまいと言えないしね。

おほんっ、とにかくこれはお試しのデート方法だ。

互いに別々に待ち合わせの場所にやってきて、それから別々に行動して店内を見て回る。

他の人が聞いたらきっと、何それ？っていうはず。でもこれは付き合ってることを内緒にしてる中で如何にデートを楽しむかって試みなんだから。

まあ……清隆と付き合ってるって大っぴらにしろよって突っ込まれるだろうけど、それはまだいいの。

『この後はどうする？』

『もうちょっと見ててもいい？』

そんなやり取りをして、あたしは店内を彷徨う。

うん、誰にも気づかれてない。

そりゃそうよね。あたしたちはあくまでも一人一人別々に店にやってきて、別のモノを見てるんだから。

もちろん、近くにいてくれてる嬉しさを感じると同時にやっぱり直接話したいよねって思っちゃう。

言葉で、目で、そして手と手で触れ合う。それがデートの醍醐味だと思うから。

そのあとは雑貨屋を出て、スーパーだったり本屋だったり、場所を替え品を替え時間を潰した。

楽しいけど寂しいと感じてしまうこのデート。

試みが失敗だったとは思わないけど、複雑……。

やっぱり、一日も早く清隆と正々堂々デートしたい。そう、改めて思ったあたしだった。

そして——

その日の夜7時半ごろ。

部屋でテレビを見てたあたしはノックの音で上半身を起こした。

「ん?」

チャイムじゃなく、ちょっとした軽いノック。

誰だろ、そう思ったけど声も聞こえてこない。

ちょっと不思議に思いながら玄関を開けると……。

ピンクの模様が入った小さな紙袋が一つ廊下の床に置かれてあった。左右を見ても誰もいない。

不思議に思いながらそれを拾い上げて部屋の中へ。

あたしに、だよね？

開ける前に上から触れてみる。

「ん、これってもしかして……」

思い当たるものがあったので中身を出してみると……。

そこには小さなリボンを着けた子猫のストラップ。

それを見て、あたしは思わず笑ってしまう。

「ほんっとこういうところは単純なんだから」

こんなのでモテると思ったら大間違いなんだから。

沢山のストラップを全部外して、携帯にその子猫のストラップをつけて、微笑む。

「まだまだこんなんじゃ、満足しないんだから」

あたしは今日一日、そのストラップを見ながら過ごすのだった。

○あの頃から――

生存と脱落の特別試験が終わり、最初の休日。

オレは誰に声をかけられるでもなくジムに顔を出していた。

それからしばらく1人でトレーニングを続け、汗を流し終えると休憩室へ。

クールダウンを兼ねて椅子に座り、あることを思い出して携帯を取り出す。

そしてあるワードを検索。

「……なるほどな」

出てきた記事を見て、納得するしかない。

その後、記事内の写真を眺めつつ1人で感心していると――

「おはよう綾小路くん」

「おはよー」

休憩室に姿を見せたのは、一之瀬と網倉の両名。ジムに顔を出してきたようだ。

「あ、可愛い写真。レッサーパンダだよね？」

こちらの携帯画面が見えたのか、網倉が目を細めつつ聞いてきた。

「ああ。ちょっと調べものをしてたんだ」

誤魔化すようにそう答え画面をオフにしたが、一之瀬には思い当たる節があったらしい。

「もしかして試験の問題に関係してる？　綾小路くん、間違えてたよね」

つい先日の特別試験だ。

他クラスと言えど印象的な出来事だったのなら忘れてくれているはずもない。

「そういえばタピオカの問題も間違えてたし、意外と世間知らずだったり？」

一之瀬の言葉を聞いて、網倉も理解を示すようにそう口にした。

「否定は出来ない。テレビを見る習慣がほとんどないからだろうな」

と、最もポピュラーであろう言い訳を述べておいたが、2人は苦笑いを浮かべるだけだった。

「正直、テレビが好きじゃないのが、あんな形で仇(あだ)になるとは思わなかった」

「そういう問題かなぁ。ネットでもかなり騒がれてたじゃない？」

テレビを見ないからだけでは説得力に欠けるのか、網倉がそう疑問を呈した。

「意外な弱点発見、だね」

困惑するオレの態度に、クスっと笑った一之瀬。

直後、オレたち3人のところにジム職員の秋山(あきやま)が姿を見せ、一之瀬に声をかける。

何やら記入した書類に不備があったらしく、書き直して欲しいとのお願いをされ、共にカウンターの方へと向かって行った。

すぐに戻って来るだろうが、一時的にオレと網倉の2人だけになる。

ここで立ち去るのも変な感じだったので、網倉から自主的に立ち去るか、一之瀬が戻って来るまでは待つことを決めた。

一緒にジムに来た流れもあり、網倉も一之瀬が戻って来るまで待つつもりだろう。

オレが座っている椅子から1つ空けて腰を下ろす。

「随分変わったなぁ帆波ちゃん。数か月前からは考えられないっていうか……」

「そうなのか？」

確かにここ最近、一之瀬は今まで見せなかった顔を見せるようになった。

だが、数か月と表現するには大げさすぎる。

それも無理はなく、網倉が言う一之瀬の変化は今回のことに関してではなかった。

「2年生の無人島試験が終わって、2学期が始まった直後だったかなぁ」

思い返すように、どこか可笑しそうに笑って網倉が話し出す。

「あの頃って、帆波ちゃんが不安定だったって言うか、どこか上の空なことが多い時期だったんだよね」

「無人島試験か」

それを聞いて、こちらも網倉の話に追い付く。

あの頃は、予期せぬ一之瀬からの告白を受け、そして恵のことを伝えた時期だ。

一之瀬の気持ちを考えれば、周囲が不安定に感じても無理はない。

「丁度その時に、ちょっとした事件がクラスの中で起きたんだけど……あ、この話を綾小路くんにすることは帆波ちゃんには内緒だからね？」

告げ口する気はないが、少しだけ責任が生まれる話になりそうだ。

「悪意はなかったと思うんだけど、男子がクラスで帆波ちゃんは綾小路くんのことを好きなんじゃないか、って噂してるのが偶然本人の耳に入っちゃったことがあって。まあ発端は帆波ちゃんが誤送信したメッセージが原因だったんだけど……」

アプリは手軽に使えるが故に、ボタン一つでメッセージを飛ばせてしまう。

そのため、タップミスなどで本来送るべき相手と別の相手を間違え、伝えてしまうケースは珍しいことじゃない。取り消し機能があるとしても、時間差で見られてしまうことは往々にしてあることだ。

無人島試験からしばらく、一之瀬は精神的にも不安定な時期が続いていた。

ちょっとしたミスをしていたとしても驚きはないが。

「私は直接文章を見たわけじゃないんだけど、一度落ち着いて話がしたい、直接会って話せないかな、みたいな感じのものだったと思う。それだけ切り取ると意味深、でしょ？」

「まあ、そうだな。一之瀬が誤送信した相手がクラスの男子だったと？」

「他クラス。ただ、メッセージを間違えて送っちゃった相手が問題で。その相手っていう

のが石崎くんでさ、休み時間に私たちのクラスに普通にやってきて『このメッセージって
どういう意味だ?』って画面を見せながら堂々と聞いてきちゃったんだよね」
どうやらそれで騒ぎになったらしい。送り間違えた相手が石崎だったからメッセージを
深い意味には捉えず助かった部分と、何も考えてなかったからこそ、堂々とそんなメッセ
ージを当人に確認に来てしまって困った部分、両方があったことだろう。
しかし石崎と気軽にメッセージをやり取りできる関係にあるのは流石一之瀬だ。
「帆波ちゃんは慌ててたけど、即座に送り間違えだからって訂正して。石崎くんはすぐに
納得して自分のクラスに帰って行ったんだけど問題はその後だよね。送り間違えってこと
は、誰かには意味深なメッセージを送る予定だったってことだから」
それでクラスの男子たちの間で、噂が噴出することになったのか。
「でもどうして、それでオレに繋がる」
「見てれば分かるよね?」
何故か、ちょっと迫力の籠った笑みを向けられる。
「って言うのは勘の鋭い人に限定するとして……。男子たちが一斉に騒ぎ出したのは別の
理由じゃないかな。多分だけど、綾小路くんの『あ』に石崎くんの『い』。連絡先ってあ
いうえお順に並んでるから、そこからじゃないかな。他にも近い名前の人はいるけど、綾
小路くんとは何かと帆波ちゃんも一緒にいたからね」

これまでの積み重ねと石崎への誤送信から、そういう憶測が生まれたと。

「いつも明るくて落ち着きのある帆波ちゃんだけど、いざ自分のことになると動揺するところも結構あるっていうか。あの時は良い言い訳がすぐに思いつかなかったのか、顔を真っ青にして俯いちゃって」

それはまた、難儀な展開だったようだ。

何となくだがその時の情景が目に浮かんでくる。

本当のことは言えない。

だが適当な誰かになすりつけることも出来ない。

かといって、送り間違えだと言った以上なかったことにも出来ない。

自ら迷い込んだとはいえ、袋小路のように思える。

「現場を見てた私たちにしてみれば、そんな帆波ちゃんは凄く珍しくって」

基本的に一之瀬は優秀な人間だ。

大抵のことは乗り切り、場を収めてしまう能力を持っている。

しかし網倉が語るように不調の時期。

「しばらくは見守ってたんだけど、段々と重たい感じになってきてさ。綾小路くんだとは思ってない男子も誰かに告白するつもりなんじゃ？　って思い始めたみたいで」

いつまで経っても自力で解決できず、沈黙によって事態が悪化していったようだ。

「どうやってその窮地を乗り切ったんだ？」

一之瀬がここから起死回生の一手を繰り出せたと想像するのは簡単じゃない。

「私もそうだけど、女子は帆波ちゃんが誰に送るつもりだったのかなんて分かってるからね。どう助けるかこっそり相談し合って、フォローに入ったよ」

そして、上手く連携を取ってこう切り抜けたらしい。

一之瀬に恋愛相談をした女子がいて、その女子に向けた返答を一緒に考えていた。

そのやり取りの中での誤送信であったと。

沈黙をしたのはその子に繋がる可能性を思慮してのこと。

プライバシーを守ろうとしての結果だったこと。

複数人からの証言ともあって、男子の多くはそうだったのかと誤解を即座に改めた。

「納得するしかないでしょ？」

「だな」

女子たちが庇っているのだと分かるような下手な演技をしていたら別だが、口ぶりからしても上手くやったのだろう。

「綾小路くんが、いつもの帆波ちゃんに戻してくれたの？」

「オレは別に何もしてない。ただ、一之瀬が自分の力で立ち直ったんだ」

「そっか……。でも、ありがとう」

「何もしていない相手にお礼を言うのか？」

「謙遜してるだけなんじゃないかって、勝手に思ってるから。だから感謝」

オレが認めるか認めないか、事実か事実でないかは関係が無いらしい。

「でもどうしてそんな話をオレに？　助けた相手だと思ったからか？」

「ううん、それはまた別の話」

網倉は終始穏やかな様子ではあったが、その表情が少しだけ硬くなる。

「見てれば分かるけど、帆波ちゃんは今でも綾小路くんのこと、凄く特別に見てる。この学校で唯一、帆波ちゃんに強い影響を与えられる人だと思ってるから、だね」

伊達に友達として一之瀬の傍にいるわけじゃないな。

その本質、一之瀬帆波のことをよく分かっている。

「私がこんなことを話すのは……綾小路くんに、帆波ちゃんを悲しませたり傷つけたりしないで欲しいから」

少しだけ言いづらそうに、だがハッキリとした言葉でそう言った。

「意図的に傷つける気はないが、結構難しい注文だな」

そうだね、と網倉も否定しない。

「もちろん綾小路くんの立場は分かってる。その、付き合うとか付き合わないとかそういうことじゃなくってね。不必要に傷つけて欲しくないなって」

そう答えた後、網倉は苦笑いしながら呟く。

「大変だよね帆波ちゃんも。彼女がいる男の子を好きになっちゃうんだから」

「結構ハッキリ言うんだな」

「綾小路くんのことも、何となくわかっていたから。今更動揺したりしないでしょ？」

「かもな」

今日でなくても、網倉は近々こんな話をオレにしようと思っていたんだろう。

ジム仲間なら偶然2人きりになる時間は、遅かれ早かれ生まれていたはず。

「言いたいことは分かった。善処する」

確実なことは言えないため、この表現で勘弁してもらおう。

「ごめんね、こんなこと第三者の私が言うようなことじゃないのに」

それは網倉も分かっているため、強くは念押ししてこない。

「友達として見捨てておけないんだろ。悪いことじゃない」

そう理解を示したところで、一之瀬が戻って来る。

「お待たせ2人とも」

「ううん全然」

当人に都合の悪い内密な話だったこともあって、網倉は一瞬だけ慌てた。

戻って来た一之瀬は表情こそ全く変えなかったが、その大きな瞳で何かを悟ったとしても不思議はない。

だが何を話してたの？とは聞いてこない。

これは推測でしかないが、一之瀬は網倉に下手な嘘をつかせたくないと考えたのではないだろうか。

「それじゃ、オレはそろそろ帰る。またな2人とも」

一之瀬と網倉にそう告げ、オレはジムを後にした。

思いがけない、一之瀬クラスでのイベントを耳にしたオレだったが、外に出てすぐに一通のメッセージが届いた。

『また麻子ちゃんと内密な話だったのかな？　私に関すること？』

網倉に悪影響を与えないようにこっちにだけ確認を取ってきたか。

しかも、自分の話をしていたであろうことまで、察しているようだ。

話の中身が気になるところだろうが、網倉との約束の手前教えるわけにもいかない。

『良い親友を持ったな』

なので、そう返すことにした。

心配するような内容は一切ないと伝わり、そして網倉の株を下げないものだろう。

一之瀬からは、良い親友に対する返答として、最高にハッピーと描かれたイラスト付きのスタンプが送られてきた。

「無人島試験の時期からは、確かに大きく変わったな」

ただ立ち直るのではなく成長している。

そして、その変化に網倉のような近しい者たちは気が付いている。

「一之瀬帆波(ほなみ)か」

終えたと思っていた分析に、新たな発見をもたらしてくれる貴重な存在だ。

2年生編コミカライズ調査票

紗々音シアと駒田ハチによってコミックスでも描かれる、
『よう実２年生編』の世界を紹介します。

『ようこそ実力至上主義の教室へ 2年生編
2nd Stage』（駒田ハチ）が月刊コミックアライブで連載中！

原作小説
2年生編
2巻

4月の特別試験を終えて、
無人島サバイバル試験の前哨戦
から物語は幕を開ける――

しかしオレが育成された機関である『ホワイトルーム』から
オレを退学にさせるよう命じられ学校に紛れ込んだ『ホワイトルーム生』……その正体は依然不明のまま
綾小路が不正した証拠なんてどこにもないだろ
本人がいないところで勝手に決めつけんな
2年Dクラス 須藤 健
綾小路
取れるはずのない満点を
綾小路が取った
私から説明をするわ

2年生編1巻の激闘を描く『ようこそ実力至上主義の教室へ 2年生編』（紗々音シア）全4巻好評発売中！

MF文庫J

ようこそ実力至上主義の教室へ
2年生編公式ガイドブック Second List

2025年 3 月 25 日　初版発行
2025年 4 月 20 日　再版発行

原作　衣笠彰梧
編集　朝倉佑太（SUNPLANT）
執筆　加山竜司
デザイン　佐相妙子（SUNPLANT）
発行者　山下直久
発行　株式会社 KADOKAWA
〒102-8177 東京都千代田区富士見 2-13-3
0570-002-301（ナビダイヤル）
印刷・製本　株式会社広済堂ネクスト

Printed in Japan　ISBN 978-4-04-684641-9 C0193

◇◇◇

【 ファンレター、作品のご感想をお待ちしています 】
〒102-0071 東京都千代田区富士見2-13-12
株式会社KADOKAWA　MF文庫J編集部気付「衣笠彰梧先生」係　「トモセシュンサク先生」係